Le Syndrome de la grenouille

L'incroyable complot
de la CIA contre la France

Michel BASSI

Le Syndrome de la grenouille

L'incroyable complot de la CIA contre la France

Alphée
JEAN-PAUL BERTRAND

Du même auteur

Valéry Giscard d'Estaing,
Grasset, Paris, 1968.

Le Grand Tournoi,
Grasset, Paris, 1974.

La République des petits papiers,
Grasset, Paris, 1975.

Léon Daudet, un géant de papier,
Le Rocher, Paris, 1993.

Secrets d'État d'un Président,
Le Rocher, Paris, 1999.

La Bataille pour la Mairie de Paris,
Le Rocher, Paris, 2000.

Cinq Présidents à armes égales,
J.-C Lattès, Paris, 2004.

Le Centre des trahisons : l'UDF de Giscard à Bayrou,
en collaboration avec Georges de la Loyère,
éditions des Quatre Chemins, Paris, 2007.

www.editions-alphee.com

EAN : 978 2 7538 0396 1

Entre nous et les Américains,
sous des dehors courtois, c'est la lutte.
Nous sommes les seuls qui leur tiennent tête.

On ne peut pas compter sur les Allemands.
Ils avaient été mon grand espoir.
Ils sont mon grand désappointement.

Le Général de Gaulle

Avertissement

Ce récit est inspiré de faits réels. Il emprunte les noms de personnages existants et les met en situation dans le cadre fictif qui forme le présent texte. Bien entendu, ces mises en scène de personnages cités ainsi que les propos qui leur sont prêtés sont issus de l'imagination de l'auteur et ne correspondent en aucun cas à la transcription d'une quelconque réalité.

1

Les chiffres étaient là, dans leur brutalité : pour la première fois, en ce printemps 1997, Boeing ne dominait plus le marché mondial de l'aviation civile. JetAir avait un carnet de commandes plus rempli que celui de son puissant concurrent. L'Europe allait supplanter l'Amérique. Un véritable « bang » dans le ciel aéronautique.

Debout devant la fenêtre de son immense bureau d'Everett, dans les environs de Seattle, le président de Boeing, Thomas Hendricx, contemplait, morose, le spectacle de l'usine monumentale où des milliers d'appareils avaient été assemblés au fil des années glorieuses de la firme. Plongé dans ses réflexions, il regardait distraitement l'intense activité des quarante hectares de halls, orgueil de Boeing, l'incessant mouvement des portiques et des grues le long des lignes de montage. Une cathédrale pour d'immenses machines volantes.

Grand, les épaules larges, le visage fin souligné d'une petite moustache, Thomas Hendricx avait toujours donné de lui-même l'image d'un homme sûr de ses capacités, et fier d'avoir été jugé digne de diriger l'une des plus grandes entreprises du monde. Aujourd'hui, pour la première fois, il doutait. Quelle faute avaient-ils donc commise, lui et ses prédécesseurs, pour qu'une société européenne réussisse à abattre cette domination qui avait été celle des États-Unis depuis tant d'années, dans ce domaine particulièrement sensible ? Il avait, certes, vu grandir JetAir, naître une concurrence qu'en bon libéral il ne pouvait qu'approuver. Mais tout son être se refusait à admettre que ce concurrent puisse occuper une première place qui revenait en somme de droit à Boeing. Il n'avait pas voulu prendre trop au sérieux les rapports établis par ses experts, soulignant la montée en puissance de JetAir. Comment pouvaient-ils écrire que la qualité technologique et la capacité d'invention de l'avionneur européen étaient devenues supérieures à celles de la grande marque de Seattle ? Comment pouvaient-ils prétendre que certains modèles de Boeing, utilisant encore des composants conçus deux décennies plus tôt, étaient dépassés par les innovations audacieuses de son challenger ? Aujourd'hui, la réalité était là, et les chiffres accablants.

« Ces messieurs sont arrivés. » La secrétaire, entrée sans bruit, avait un long moment respecté la réflexion du président. Mais on ne pouvait faire attendre plus longtemps les envoyés du Département d'État qui avaient fait le déplacement de Washington. Ils étaient trois, bâtis sur le même modèle, lunettes noires, costume sombre et chemise blanche, l'attaché-case à la main. En les accueillant, Hendricx se prit à penser qu'ils ressemblaient comme des frères aux fameux Men in Black du film de Barry Sonnenfield. Une expression amusée détendit ses traits. « Monsieur le président, nous sommes ici en mission pour connaître votre opinion sur la situation de notre industrie de construction aéronautique. »

Le ton était solennel. Celui qui paraissait le porte-parole de la délégation se tenait droit devant le bureau d'Hendricx. Visiblement, il n'avait pas apprécié le sourire du patron de Boeing. Ouvrant sa serviette de cuir, il sortit un genre de questionnaire, dont il s'apprêtait à donner lecture. Hendricx l'interrompit :

— Épargnez-moi le pensum que vous voulez m'infliger. Je sais très bien ce dont vous allez me parler. Je répondrai naturellement à toutes les questions que le président des États-Unis voudra me poser. Mais c'est d'abord à mes administrateurs que je dois les explications nécessaires sur les résultats de Boeing, comparés à ceux de son concurrent. Je ne doute pas que vous ayez les compétences techniques pour m'indiquer, fût-ce par délégation du Département d'État, les mesures à prendre pour redresser la situation. Mesures que, d'ailleurs, j'ai commencé à mettre en œuvre.

— Certes, monsieur le président, nous ne prétendons pas vous apprendre votre métier, dit, suave, l'homme en noir. Mais nous sommes chargés d'attirer votre attention sur les conséquences politiques du recul de Boeing par rapport à JetAir.

— Comme si je ne les connaissais pas ! rugit Hendricx, que la suffisance de son interlocuteur commençait sérieusement à énerver. Puis, se contrôlant :

— Sachez que je mesure parfaitement les implications de l'irruption de JetAir à la première place. Non seulement par ce que cela signifie économiquement. Je suis responsable d'une entreprise qui compte quelque 200 000 salariés, mais qui représente surtout l'excellence de la technologie américaine et assure la place de celle-ci dans la compétition mondiale. Elle pèse de tout son poids dans la balance commerciale de notre pays. Mais elle a aussi un rôle de porte-drapeau que nous nous devons de maintenir. Croyez bien que nous ne ménageons pas nos efforts pour rétablir techniquement notre suprématie.

— C'est bien ainsi que notre gouvernement l'entend.

L'homme en noir avait senti l'irritation d'Hendricx. Il rangea ses papiers dans sa serviette. « Notre mission n'est pas de critiquer votre gestion mais d'envisager avec vous la possibilité d'une… action extérieure à Boeing qui permette de renverser le rapport de force que JetAir a réussi à créer en sa faveur. »

Cette fois, l'industriel était carrément intrigué.

— Qu'entendez-vous par action extérieure à l'entreprise ?

— Eh bien, vous qui connaissez fort bien la société française qui construit JetAir, pensez-vous qu'il soit possible d'exploiter, d'une manière ou d'une autre, les difficultés internes qui sont les siennes ? Ou, si cela ne vous semble pas possible, de prendre le contrôle de la société ?

— Dans la première hypothèse, je ne vois pas très bien où vous voulez en venir, ou plutôt je ne le vois que trop. Mais ne comptez pas sur moi pour entrer dans un tel schéma. Quant à la deuxième hypothèse, je ne vois pas quel conseil je peux vous donner. Je ne suis pas un expert en OPA, comme disent les Français. Moi, mon job, c'est de faire des avions que les clients préfèrent à ceux de la concurrence. Un point, c'est tout. Pour le reste, voyez ailleurs.

Signifiant que l'entretien était terminé, Hendricx appela sa secrétaire pour qu'elle raccompagne les hommes en noir.

Dans l'hélicoptère officiel qui les ramenait vers l'aéroport de Seattle, les représentants du Département d'État commentaient l'attitude du patron de Boeing : « On ne va pas aimer cela à Washington... En tout cas, il est clair qu'il ne faudra pas compter sur Hendricx pour contribuer à l'opération qui est envisagée. D'une certaine façon, c'est mieux ainsi. Ce n'est pas le boulot d'un industriel de cette envergure que de chercher à déstabiliser son concurrent. » Déstabiliser... Le mot que les hommes en noir n'avaient pas osé employer devant Hendricx...

De retour dans les bureaux du bâtiment Harry S. Truman, à quelques pas de la Maison Blanche, et aussitôt introduits auprès de James Callaghan, haut responsable du Département d'État, ils constatèrent que l'idée avait fait son chemin. « Je ne me faisais pas trop d'illusions, dit celui-ci, un homme distingué dans un impeccable costume croisé, en vous envoyant à Seattle. Hendricx a un peu tendance à oublier que sa compagnie vit largement grâce aux commandes du Département de la Défense. Il y a même un acheteur du Département qui a des fonctions de directeur chez Boeing... Bon, le monsieur a des scrupules. Évidemment, ses avis techniques nous auraient été utiles pour mettre là où il faut les petits grains de sable dans l'organisation du groupe français. Mais il y a d'autres spécialistes, moins regardants. Surtout, l'action que nous allons mener relève plus de l'Intelligence économique que de la technique proprement dite. OK, messieurs, je vous remercie. Inutile de vous demander, naturellement, de garder le silence sur tout cela. »

Les trois hommes partis, Callaghan décrocha le téléphone intérieur.

— C'est bien ce que je vous avais dit, annonça-t-il à la personne qu'il eut immédiatement en ligne. Il ne faut pas compter sur les conseils d'Hendricx. Du reste, je ne vois pas comment nous aurions pu maintenir le secret sur nos intentions en mettant dans le coup des hommes dont ce n'est pas le métier. Comme nous l'avions évoqué, je suggère que nous laissions faire la C.I.A. Si j'ai bien compris, ils ont parfois des idées…

— Bien. Allez les voir. Je vous précède d'un coup de téléphone à Langley. Mais assurez-vous de la plus grande discrétion… L'affaire est décidément extrêmement sensible. Le Président lui-même m'a encore parlé hier soir de la montée de JetAir au détriment de Boeing. Il est très préoccupé et veut des résultats. Bien sûr, il n'est pas question de lui révéler nos intentions réelles. Alors, aux espions de jouer !

Le ton était ironique. Le haut fonctionnaire en avait l'habitude. Il savait que le sarcasme cachait la totale détermination de son interlocuteur, un homme dont la puissance tenait à son immédiate proximité du président des États-Unis. Lui-même, en revanche, n'était pas très chaud de faire partie, même à la marge, de ce qu'il fallait bien appeler un complot. Certes, il avait déjà participé pour le Département d'État à des missions délicates. Cette fois, s'il comprenait bien ce qui était envisagé, il s'agirait de s'en prendre directement à une entreprise européenne, installée dans plusieurs pays alliés de l'Amérique. Cela lui répugnait un peu. Mais les ordres sont les ordres. Et il avait sa carrière à faire.

Dès le lendemain, il prenait la route de Mac Lean, en Virginie, et franchissait sans problème les sévères barrages placés devant le siège de la C.I.A., à Langley.

2

— Je vous attendais, lui dit sobrement John P. Gates, dont un panneau sur le bureau annonçait qu'il occupait les fonctions de directeur au sein du National Clandestine Service, la partie la plus secrète et la plus exposée de l'Agence. La NCS avait succédé depuis peu à la fameuse « direction des opérations ». Callaghan savait que cette division avait à son actif les coups les plus « tordus » de l'histoire des services secrets américains.

— Expliquez-moi ce que vous attendez de nous. Personne ne m'a encore informé en détail. « On » m'a dit seulement qu'il s'agissait d'Intelligence économique et de construction aéronautique.

Assis sur une chaise inconfortable – la C.I.A., contrairement à ce qu'il pensait, paraissait ne pas se préoccuper du bien-être de ses visiteurs –, Callaghan ne chercha pas à savoir qui était ce « on ». Il dévisagea le maître espion qu'il avait devant lui, cherchant inconsciemment quelque signe, quelque caractéristique qui pourrait le différencier des autres agents fédéraux, au point d'en être devenu une légende dans les Services spéciaux. Il ne vit rien qu'un homme plutôt petit et rondouillard, le crâne chauve, de grosses lunettes cerclées d'écaille remontées sur le front. Un poussah à l'air endormi. Mais un poussah qui, Callaghan en était persuadé, jouait les innocents. Cet homme-là en savait beaucoup plus qu'il ne voulait le dire. Ou alors, il ne méritait pas sa réputation…

Gates redevenu silencieux, et ne donnant aucun signe d'impatience, Callaghan décida de se lancer : « Vous mesurez sans aucun doute l'importance que la société Boeing représente pour les États-Unis. Non seulement parce qu'elle emploie un très grand nombre de salariés, et qu'elle génère un chiffre d'affaires considérable. Mais aussi par la puissance qu'elle donne à notre pays. Puissance économique et militaire, bien sûr. Puissance stratégique. Inutile, je crois de vous faire un dessin : quand le monde vole américain, il subit notre influence. Puissance technologique : la construction aéronautique est, avec l'espace, le domaine par excellence où les progrès techniques trouvent à se déployer. Mais vous savez tout cela. Je ne l'ai dit que pour que vous ayez bien en tête l'enjeu de la bataille qui est engagée depuis une décennie, et que nous sommes peut-être en train de perdre. »

Voyant son interlocuteur froncer les sourcils, comme s'il était surpris, Callaghan enchaîna vivement : « Eh oui ! Vous l'ignorez peut-être – vous me permettrez d'en douter – mais depuis cette année, le concurrent européen de Boeing, constructeur de JetAir, est devenu le premier vendeur mondial d'avions. Pour des raisons diverses, qui tiennent aux retards que nous avons pris, notamment dans la qualité technologique de nos produits, le marché se tourne majoritairement vers JetAir. Ce n'est pas encore très grave. La différence reste faible. Il est de fait que, désormais, JetAir fait la course en tête. Il sera bientôt loin devant. Il ne peut être question que cette situation perdure. Tout doit être fait pour que notre construction aéronautique reprenne la première place. »

Callaghan marqua une pause. Gates en profita pour susurrer, presque à mi-voix :

— Tout doit être fait... Qu'entendez-vous par « tout »... ?

— Bien sûr, la compétition est d'abord technique. Boeing a déjà entrepris de redresser la situation, en améliorant ses modèles, notamment ceux qui dominent le marché des gros-porteurs (le 747, malgré son âge est pour le moment sans réel concurrent), et en préparant le 787, baptisé *Dreamliner*, un « bijou » qui, certifient les responsables, doit nous assurer une avance considérable sur JetAir. Mais tout cela prend du temps, temps que nous ne pouvons pas nous permettre de perdre. Je le répète : qui détient la première place dans les airs possède le monde.

— Je reprends donc ma question, dit le maître espion. Tout faire, qu'est-ce que cela veut dire, et comment la C.I.A. est-elle supposée intervenir dans cette bataille industrielle ?

Callaghan regarda Gates droit dans les yeux. « Ne faites pas celui qui n'a pas compris. Ou alors, votre réputation et celle de l'agence sont surfaites. »

Cette fois Gates, qui commençait visiblement à s'amuser, éclata franchement de rire : « Vous voulez que nous fassions des misères à JetAir ? Tout de même, vous ne souhaitez pas que nous fassions exploser quelques appareils en l'air, histoire de montrer à l'univers entier leur peu de fiabilité ! »

Décontenancé par des manières et un langage auxquels la componction du Département d'État ne l'avait pas habitué, Callaghan ne savait plus s'il fallait protester ou se joindre à l'hilarité de son interlocuteur. Voyant son trouble, celui-ci reprit : « Écoutez, n'adoptez pas la mine contrite des enfants pris la main dans la confiture. Vous allez nous demander de trouver les moyens de jeter le trouble chez le concurrent français de Boeing, pour ralentir son activité. Ou de le déstabiliser tellement qu'il deviendra un fruit mûr, prêt à être cueilli. C'est ça, hein ? Vous voyez que, sous mon air stupide, j'ai compris ce que le Département d'État a en tête. Laissez-moi vous dire qu'il n'y a pas une telle différence entre ça et les actions plus radicales que j'évoquais. Dans tous les cas, cela s'appelle du sabotage. Simplement, dans votre schéma, des vies humaines seront épargnées. Ce qui n'est certes pas négligeable. Mais vous, et ceux qui vous envoient, devez avoir le courage de vos actes ! Et ne me prenez pas pour un cynique. Le cynisme, le vrai, il est de votre côté. »

Un long silence s'installa dans le bureau, après la véhémente sortie de Gates. C'est celui-ci qui, cette fois, relança la conversation : « Bien. Oubliez ce que je viens de dire, et spécifiez-moi précisément ce que vous voulez. Il va de soi que la C.I.A., quoi que pense tel ou tel de ses éminents agents, dans mon genre, devant les méthodes employées, fera ce qu'on lui demande. »

Callaghan, reprenant ses esprits : « Je suis heureux de vous l'entendre dire. Il s'agit seulement, dans notre idée, d'exploiter les difficultés de gouvernance de la société qui construit les JetAir. Il y a d'autres moyens que le sabotage. Je pense à l'infiltration d'amis dans les instances dirigeantes, à l'utilisation de nos bons alliés européens. Sans parler d'une judicieuse exploitation des différends internes. N'est-ce pas ce que vous appelez poliment "l'Intelligence économique" ? »

Gates ne réagit pas. Refusant de se laisser décontenancer par le mutisme de son interlocuteur, le représentant du

Département d'État brossa le plus schématiquement qu'il put le tableau compliqué d'une entreprise écartelée entre les différentes parties prenantes, décrivit les luttes d'influence entre partenaires, et insista sur les rivalités entre les hommes.

— Bref, conclut-il, si nous savons y faire, il doit être possible sinon de bloquer l'activité de la société, du moins d'en entraver suffisamment le fonctionnement pour que ses prouesses techniques soient affectées ou, au minimum, retardées dans leur application. Parallèlement, que nous nous mettions en position d'en prendre le contrôle indirectement.

— Si nous savons y faire..., enchaîna rêveusement J.-P. Gates. Si je vous suis bien, il s'agit de mettre en place un dispositif auprès du constructeur français qui soit à l'affût de toutes les erreurs, de toutes les controverses internes, afin de les amplifier, et même d'en provoquer si l'occasion se présente. Je reprends vos propos pour que tout soit bien clair : le but est de ralentir d'une façon ou d'une autre l'activité de JetAir ou, si l'on n'y parvient pas, de susciter des dysfonctionnements, dans l'organisation ou dans la technologie, qui retardent la mise au point de modèles nouveaux et qui mécontentent gravement les clients de l'avionneur.

— Dit un peu brutalement, c'est bien cela que nous attendons de vous. Je suis autorisé à vous révéler que les moyens utiles, en hommes et en dollars, seront mis à la disposition de la C.I.A.

Gates se leva brusquement et se mit à marcher de long en large dans son bureau.

— Dites-moi, juste pour savoir. Le président des États-Unis est-il au courant de ce que vous nous demandez de faire ?

— Tout ce que je peux vous déclarer, c'est que j'ai personnellement reçu mes consignes d'une personnalité très proche du Président. J'ignore, en revanche, si la plus haute responsable du Département d'État, auquel j'appartiens, ma patronne donc, est informée. Mon sentiment est que non, pour tout vous avouer. Il faut bien qu'elle continue à entretenir de bonnes relations avec nos « alliés européens ».

— Ouais… C'est ce qu'on appelle le parfait court-circuit ! Vous rendez-vous bien compte de ce que cela signifie, et de ce que cela pourrait vous coûter si l'affaire s'ébruitait ?

Devant le mutisme gêné de Callaghan, Gates reprit : « Oh moi, vous savez, je vous demandais cela seulement par curiosité. La seule chose qui m'importe, c'est que mon patron, ici à la C.I.A., m'a donné l'ordre de vous apporter toute l'aide nécessaire. Sans me préciser de quoi il s'agissait. Figurez-vous qu'il a le même correspondant que vous à la Maison Blanche. Et puis, il suffit de nous dire que nous allons travailler pour la plus grande Amérique, que ces Européens inconscients défient avec leur technologie, pour que nous partions en chasse ! »

L'ironie, cette fois, tournait à l'aigre. Gates se reprit :

— Bon, maintenant, passons aux choses pratiques, dit-il, de nouveau assis derrière son bureau. Je pense que vous avez quelques idées à me suggérer.

— Pour les actions concrètes, non, répliqua Callaghan. C'est vous l'expert. Je vous ai fait préparer un dossier qui développe ce que je vous ai dit tout à l'heure. Pour la mise en œuvre de l'opération de déstabilisation, c'est à vous de jouer. C'est vous le maître d'œuvre. Je pense qu'il vous faut constituer une équipe, américaine et européenne. Il vous faudra voir grand. J'ai quelques noms à vous donner, ceux de membres du *team* dirigeant de la société française, que nous connaissons bien, qui ont fait leurs études aux États-Unis. Ils pourraient être utiles. Ceux également de diverses personnalités qui sont particulièrement introduites dans ces milieux. Tenez-moi au courant à mesure. Rien d'écrit, naturellement. Je dois être votre seul interlocuteur hors la C.I.A. Pour le reste, vous avez carte blanche… et des moyens financiers illimités.

Gates, plongé dans ses pensées, ne se leva même pas pour reconduire son visiteur.

Sur l'autoroute de Washington, Gallaghan demanda au chauffeur du Département d'État de rouler lentement. Il voulait réfléchir, avant le compte rendu qu'il devrait faire à son correspondant à la Maison Blanche. Cette fois l'affaire était lancée. Gates allait agir et, s'il l'avait bien jugé, malgré son air de gros chat endormi, agir vite.

3

LA JUNGLE AMAZONIENNE, au sud du Brésil, pas loin du Paraguay… Tout autour de l'hacienda, brillamment illuminée, la nuit est épaisse, pleine de bruits obsédants. Des lynx, peut-être, très nombreux dans cette région légèrement montagneuse. L'ambiance est moite, la chaleur humide trempe des vêtements inadaptés à ces contrées. Gates contemple les hommes en complet veston qui ont pris place autour de la table ronde installée sur l'immense terrasse ceinte d'une grille en fer forgé, à la limite des arbres. Il se prend à penser à la légende du roi Arthur. *Ces gens, pourtant, n'ont rien des chevaliers du Graal*, se dit-il.

Surmontant sa haine des voyages en avion, inhabituelle chez un agent secret, mais bien connue dans le milieu, le directeur du National Clandestine Service avait accepté que la réunion se déroulât dans la propriété sud-américaine d'un des membres de la colonie allemande installée là bien avant la fin de la Seconde Guerre mondiale.

Il était présent, d'ailleurs, le propriétaire des lieux. C'était un vieillard de plus de quatre-vingt-dix ans, un homme fabuleusement riche grâce au trésor de guerre expédié en

Amérique du Sud par les réseaux nazis, quand il en était encore temps, afin de servir de base à de nouvelles ambitions. Il était également l'un des actionnaires principaux, mais discrets, d'une compagnie locale, spécialisée dans les avions civils de petite taille. Cette circonstance n'était pas étrangère au choix du lieu pour la réunion.

À son arrivée, l'espion américain avait remarqué, avec intérêt, que leur hôte était entouré, et servi, par un bataillon de très jeunes femmes, grandes, blondes, aux yeux bleus. Il s'était demandé où étaient recrutées ces amazones affairées à distribuer des boissons glacées… Leur présence colorée ajoutait un certain piment, *pas désagréable*, pensa Gates, à l'ambiance déjà chaude de la réunion.

Celle-ci va commencer. Il la prépare depuis des semaines, et elle doit constituer le coup d'envoi de l'extraordinaire opération destinée à redonner aux États-Unis la suprématie sur le marché de l'aéronautique et des nouvelles technologies. Probablement une des plus fantastiques histoires de notre époque. On lui avait dit qu'il avait carte blanche. Alors Gates avait vu grand. Il se sentait dans la peau d'un puissant metteur en scène, faisant jouer ses acteurs sur une scène à la dimension de la planète. *Je suis comme un nouveau Howard Hugues*, se dit-il, avec cette autodérision qui lui avait, seule, permis, jusqu'ici, de survivre dans ce métier de fou, où il faut se garder de se prendre trop au sérieux. Elle est la meilleure défense contre les fantasmes de l'omnipotence sans contrôle.

Comme tous les autres participants, il avait donc pris un avion régulier, puis un hélicoptère privé, appartenant au maître de ces lieux exotiques, pour rejoindre l'hacienda. Ce déplacement dans la jungle brésilienne garantissait aux conjurés le secret le plus absolu, grâce à l'efficacité des réseaux mis en place par la colonie allemande, complices « historiques » de ses services depuis plus d'un demi-siècle. D'emblée en effet, Gates avait considéré que l'opération qu'on lui avait demandé de monter supposait une forte participation des Allemands. Il en avait même fait une condition *sine qua non*, lors de ses discussions avec Callaghan. « Sans eux, nous n'arriverons à rien, avait-il insisté. N'oubliez pas que leur obsession est de retrouver la place qu'ils occupaient dans l'industrie aéronautique, et que la guerre leur a fait perdre. Ils ne supportent pas que leurs nouveaux amis français dominent seuls ce marché stratégique. » Et il avait emporté la conviction du Département d'État. Les Allemands seraient les principaux alliés des Américains dans le grand jeu qui allait se mettre en place. Ils ne seraient pas les seuls…

Gates repense à ces négociations en jetant un coup d'œil circulaire sur les participants, autour de la table. Il y a là, en effet, grand, le crâne rasé, un ancien officier de l'armée allemande, reconverti dans l'aéronautique, flanqué de plusieurs de ses compatriotes, dont le délégué d'une très grande banque. Mince mais puissamment bâti, hautain et dédaigneux, monocle à l'œil et Rolex d'or au poignet, ce dernier est l'image même de l'autorité que confère la puissance financière. À ses côtés, un Russe, efflanqué et taciturne, venu en observateur : les Américains ont estimé qu'il ne fallait pas laisser la Russie et son président dynamique, un ancien du KGB, à l'écart de la bataille qui s'annonçait. On aurait besoin, à un moment ou à un autre, de leur neutralité bienveillante. Du reste, demain une alliance Russie/États-Unis s'imposerait sur l'échiquier mondial. Ne serait-ce que pour faire pièce à la montée en puissance de la Chine pour laquelle la maîtrise de l'espace déjà acquise devait maintenant s'accompagner de progrès décisifs dans l'aéronautique civile.

Les Chinois, précisément, étaient là, eux aussi, représentés par un curieux personnage – *curieux et dangereux*, s'était dit Gates en relisant dans l'avion sa biographie mouvementée, liée à l'histoire récente de la C.I.A. –, un certain docteur Khan, petit et volubile, qui semblait agité de mouvements convulsifs. Le Département d'État le décrivait comme un savant atomiste un peu illuminé, une sorte de « docteur Folamour ». Le monde du renseignement savait qu'il était un mercenaire ayant amassé une fortune inouïe au Moyen-Orient. Sa réputation était d'apparaître partout où l'on parlait atome ou nouvelles technologies. Il servait maintenant des intérêts chinois, manifestant ainsi un éclectisme assez remarquable. Il était d'ailleurs accompagné d'un certain M. Wang, un proche d'un ministre des Finances de feu le président français François Mitterrand, et surtout l'un des personnages clés de l'affaire des frégates livrées par la France à Taïwan. Wang s'était à présent mis au service de Pékin, avec le discret appui de la C.I.A.

« On ne fait pas ce genre d'opération avec des enfants de chœur », avait été le seul commentaire de Callaghan, quand il avait entériné la liste des participants. Gates ne peut que l'approuver, en contemplant cet aréopage, au sein duquel les représentants des États-Unis paraissent des petits garçons bien sages. Il y a là plusieurs hommes de la C.I.A., membres de l'équipe « action » du maître espion, les délégués du Département d'État, et même un envoyé de la NASA, dont on se demande bien à quoi il pourra servir. Callaghan avait cependant paru y tenir. Mais l'heure n'est plus à ce genre d'interrogation. Gates doit exposer le plan grandiose qu'il a baptisé « Back to the leadership », autrement dit : « Retour à la suprématie ».

« Messieurs, avec votre aide, nous allons engager la plus formidable partie de toute l'histoire de ce qu'on appelle "l'Intelligence économique" », commence-t-il…

4

« Je vous parlerai d'abord – à tout seigneur tout honneur, comme disent les Français – du général de Gaulle. » Et Gates d'entreprendre la description des efforts accomplis par la France, sous l'impulsion du créateur de la Ve République, pour son développement technique. Il la montre consentant à des investissements importants dans la recherche appliquée, pour se doter de la bombe atomique, mais aussi pour mettre au point des objets volants de première catégorie. Effort sans précédent, accompli par des équipes de haut niveau, qui aboutit à des résultats spectaculaires.

La France était devenue le leader mondial des hélicoptères civils, réalisait des engins « intelligents » pour la Défense, obtenait des succès éclatants dans le domaine très fermé des lanceurs de satellites, avec les « Ariane » et le centre de Kourou en Guyane. Enfin, elle se mettait à fabriquer des avions innovants, « comme ce JetAir d'où nous vient tout le mal, dit Gates en esquissant un sourire. Conclusion : aujourd'hui, la France dispose de "stocks" de connaissances, dans tous les secteurs des technologies avancées. Je dois dire que l'on peut saluer ce grand dessein “gaullien” qui l’a imposée au niveau européen, puis mondial, et qui lui a valu des parts de marché grandissantes. L’entreprise qui construit JetAir est devenue rapidement un géant technique, innovant, et bien géré, dont les compétences accumulées sont difficilement rattrapables par ses concurrents, dans un domaine où les “coups” se préparent des dizaines d’années à l’avance. On le constate aujourd’hui ». *Il n’y a guère que les Français pour ne pas s’en être rendu compte*, ajoute-t-il, pour lui-même.

Reprenant son souffle, le maître espion regarde les participants, *les comploteurs*, pense-t-il. Ils les voient littéralement fascinés, attendant de savoir ce qu’il va maintenant proposer.

« Vous mesurez combien la déstabilisation d’un tel ensemble, permettant éventuellement sa prise de contrôle, est devenue nécessaire pour qui veut garder, plutôt reprendre, la maîtrise d’un secteur vital comme celui des technologies appliquées à tout ce qui vole. Qui est le premier dans les airs domine le monde. Civilement ou militairement....Soit dit entre parenthèses, c’est la raison pour laquelle nous nous battons pour empêcher les Européens de développer leur programme “Galiléo” : la localisation par GPS serait une arme redoutable en cas de crise internationale, et les États-Unis souhaitent la conserver pour eux seuls. »

Gates guette les réactions des Européens autour de la table. Chacun reste impassible.

« Rassurez-vous : je n’oublie pas les enjeux directement économiques. L’aéronautique est le secteur privilégié pour la création d’emplois nombreux et bien rémunérés… Nous avons donc baptisé l’action à entreprendre “Back to the leadership”. »

Et l'homme de la C.I.A. de présenter les différents objectifs du plan. Le premier, le plus évident, est de tout faire pour redonner à Boeing la suprématie que JetAir lui conteste. Il s'agit pour les États-Unis de retrouver la première place dans le duopole qu'est devenu le marché mondial des avions civils.

« Cet objectif sera d'autant plus facilement atteint que l'ensemble aérospatial français sera dilué dans un autre, plus vaste, mais aussi plus "maniable", autrement dit moins indépendant à l'égard des Américains. Le fait que la société française soit tombée entre les mains d'un industriel brillant, Jean-Luc Lagardère, devrait pouvoir être utile. C'est un homme très ambitieux, qui rêve de constituer un groupe de dimension internationale. Il sera peut-être moins sourcilleux sur les alliances à réaliser qu'un de Gaulle... Mais il faudra s'en méfier : il est lui-même très "français", tient ferme et court les rênes de sa propre société, et ne s'en laissera pas facilement conter. Il pourrait devenir un jour un réel obstacle pour nous. L'hypothèse de la constitution de ce groupe international, mais à notre convenance, est la raison, vous l'avez bien compris, de votre présence ici, poursuivit Gates en s'adressant aux deux Allemands. Nous savons combien vous souhaitez revenir sur un terrain d'où vous avez été chassés depuis le conflit mondial. Nous allons vous y aider. Il va de soi qu'un important groupe industriel allemand – je pense à un constructeur automobile — sera sollicité, et que votre banque, monsieur, dont il dépend en partie, saura l'inciter à entrer dans le jeu. Bien. Voilà l'idée générale. Maintenant, je vous écoute. »

Le banquier est le premier à s'exprimer : « Nous apprécions naturellement votre désir de redonner à l'Allemagne la place qu'elle mérite dans ce domaine, dit-il avec emphase. Mais nous ne sommes pas dupes : ce *new deal* de l'industrie aéronautique et spatiale européenne sera sous la domination de fait de l'Amérique. »

Cette fois, Gates rit franchement :

— Vous avez tout compris. Vous serez tout de même, avec nous, les grands gagnants…

— Je veux bien l'admettre. Mais qu'en est-il dans votre esprit des autres pays européens, notamment la Grande-Bretagne ?

— N'ayez crainte. Nous avons déjà mis au courant nos amis anglais. Ils ne joueront pas les premiers rôles, mais ils y trouveront leur avantage économique. Ce qui est la seule chose qui compte pour eux. On verra pour les autres, les Espagnols notamment. Vous savez combien ils sont jaloux des succès français…

L'ancien officier prend alors la parole :

— Pourra-t-on recourir à des moyens, disons « directs » pour déstabiliser les Français ?

— On verra le moment venu. Mais l'on peut imaginer qu'un jour des actions bien ciblées, quelques incidents techniques, par exemple, ralentissent les usines fabriquant JetAir, et permettent à nos produits de rattraper plus facilement leur retard, en termes de vente, tout au moins. Vous aurez certainement, monsieur, des idées à nous proposer.

L'intéressé ne bronche pas, et personne ne relève l'ironie teintée de cynisme du propos. Gates décide qu'il est temps de conclure : « Tout cela va demander du temps. Des années sans doute, et beaucoup de prudence, pour ne pas effaroucher trop tôt les Français. Nous jouerons sur leur vanité bien connue, celle de leurs dirigeants actuels en particulier. De Gaulle n'est plus là, ni ses héritiers immédiats… Il y a aussi bien dans le milieu industriel que dans les sphères politiques des coups à jouer. Cela pour entourer peu à peu ces bons Français de notre… sollicitude infinie… » Le maître espion s'amuse. Mais il enchaîne : « Sérieusement, nous aurons à préciser à mesure la tâche de chacun d'entre nous. Je dis tout de suite au docteur Khan qu'il aura à s'occuper des plus gros clients de JetAir, qui peuvent être aussi des actionnaires, les monarchies du Golfe persique. Vous savez combien elles sont intéressées par tout ce qui concerne la Défense et le nucléaire… Quant à vous, qui représentez le président russe, vous êtes là parce que l'industrie aéronautique et spatiale héritée de l'ex-URSS peut avoir un rôle à jouer dans la prise en mains de JetAir, comme dans les partenariats futurs avec notre propre industrie aéronautique. *Et puis*, pense Gates in petto, *je préfère les avoir avec nous que contre nous*… Je me résume : l'opération "Back to the leadership" comportera trois volets : "Come back to profit", par Boeing. "Back to technologies" pour l'Allemagne. Et couronnant le tout, "Back to the world", c'est-à-dire établissement durable de notre hégémonie dans les airs et l'espace. Messieurs, je vous remercie. Les hôtesses vont vous remettre le dossier confidentiel. Chaque exemplaire est numéroté et doté d'une puce destinée à permettre de le suivre à la trace. Simple précaution, naturellement… Vos hélicoptères vous attendent.

En regardant les conjurés s'éloigner, l'homme de la C.I.A. se demande si l'entreprise qu'il vient de lancer n'est pas trop grosse pour lui. En tout cas, l'Agence, et en particulier son Service Action, jouent leur réputation, et lui sa tête. *Mais quel pied je vais prendre… Le plus beau montage de toute ma carrière…* Gates aimait par coquetterie emprunter au français quelques expressions populaires…

Il se tourne alors vers l'hôte de ces lieux. Le grand vieillard au visage aigu n'a pas dit un mot pendant la réunion, mais il se lève pour raccompagner Gates. Celui-ci le voit grimacer sous l'effort. « Je voulais vous dire, cher ami, prononce-t-il avec un fort accent germanique, que vous pouvez compter sur nos réseaux. Ils sont encore puissants, ici et en Europe. Il faut que l'Allemagne retrouve la place qu'elle n'aurait jamais dû perdre. »

Gates se demanda ensuite ce qu'il avait voulu signifier par « la place qu'elle n'aurait jamais dû perdre ». S'agissait-il seulement d'aéronautique ?

5

« HELEN, connaissez-vous le syndrome de la grenouille ? » Assise inconfortablement sur la chaise que lui avait indiquée d'un simple geste John P. Gates, Helen Mac Cready se contenta de hausser les sourcils. L'homme qu'elle avait en face d'elle l'avait mise mal à l'aise dès qu'elle avait pénétré dans son bureau de la C.I.A. Elle n'était pourtant pas du genre timide. Sa beauté de blonde sculpturale, ajoutée à un pedigree universitaire substantiel et à ses qualités de polyglotte, lui avait donné une assurance naturelle qui lui permettait de faire face à toutes les circonstances.

Au cours des quelques missions qu'elle avait eu à accomplir, à trente ans à peine, elle avait su jouer de ses points forts avec une maîtrise que ses instructeurs se plaisaient à souligner. C'est d'ailleurs cette réputation qui lui valait de se trouver ce jour-là devant Gates. On lui avait dit seulement qu'elle aurait un rôle dans une partie très importante, et très difficile, que l'Agence devait mener pour défendre les intérêts des États-Unis. Helen, qui n'aimait pas particulièrement les grands mots, avait été surprise par l'emphase avec laquelle son chef direct lui avait parlé de la tâche qui allait lui être confiée : « Vous devrez utiliser tous vos atouts, y compris féminins... », avait-il dit, sans mettre rien d'égrillard dans son propos. Simplement il exposait un fait : la jeune femme était la séduction même. L'héroïne rêvée pour romans populaires d'espionnage. Il s'agirait d'exploiter, en effet, son charme naturel dans une affaire extrêmement délicate.

Helen avait reçu le message. Du coup, elle s'était habillée de façon quelque peu provocante pour ce rendez-vous avec l'homme dont toute la C.I.A. jalousait les mérites, mais qu'elle n'avait pas encore eu l'occasion de rencontrer. Dans ce milieu assez « machiste », elle avait appris à décourager les avances des plus entreprenants.

Voici qu'elle se trouvait soudain gênée, sur sa chaise minable, de ne pouvoir dissimuler ses longues jambes, largement dévoilées par la minijupe, au lourd regard de Gates. Plaçant convulsivement ses mains sur ses genoux étroitement serrés, comme si ce geste pouvait en alléger le poids, elle se félicita de ne pas avoir adopté un trop large décolleté. Ses seins, qu'elle avait fermes et hauts, libres de soutien-gorge, pointaient très visiblement sous le corsage léger. Elle se morigéna : le petit homme rondouillard qu'elle avait devant elle n'avait rien qui doive l'impressionner. Ce maître espion n'en avait vraiment pas l'air...

Depuis son retour du Brésil, Gates avait travaillé à la mise au point du plan « Back to the leadership ». À vrai dire, le nom qui avait été donné à l'opération lui paraissait, à la réflexion, bien pompeux. Il devrait s'en accommoder, tout en employant lui-même d'autres appellations... Il avait d'abord réfléchi à la meilleure manière de circonvenir l'un des plus hauts responsables de la société française. Pas

Lagardère, bien sûr, le poisson était trop gros et ne se laisserait pas prendre. Mais l'un de ses adjoints. Callaghan lui avait parlé de plusieurs d'entre eux, ayant fait leurs études aux États-Unis. En étudiant les dossiers réalisés par la C.I.A., il était tombé sur le nom d'un Hervé Loriot, responsable des études, présenté comme un élément extrêmement brillant, mais instable, et porté sur la gent féminine. La proie idéale, peut-être. Restait à en avoir la preuve. Le meilleur moyen était évidemment de lui mettre « dans les pattes » – toujours ce goût des expressions bien françaises – une jeune personne intelligente et suffisamment sexy... Et qui n'en sache pas trop.

Le choix s'était porté sur Helen Mac Cready qui se trouvait maintenant dans son bureau. Gates, qui avait perçu le trouble de la jeune femme, s'amusa à faire durer le silence. Il ne lui déplaisait pas de faire un tel effet sur une aussi belle personne. « Eh bien, reprit-il enfin, si vous jetez une grenouille dans une bassine remplie d'eau bouillante, elle s'efforce désespérément de s'échapper, et se débat avant de mourir. Mais si vous la déposez dans une bassine d'eau froide, que vous chauffez ensuite progressivement, elle se laissera ébouillanter sans chercher à s'enfuir. C'est ça, le syndrome de la grenouille. Il a d'excellentes applications dans notre métier. Nous allons mettre une très grosse grenouille dans une immense bassine d'eau froide. Vous allez nous aider à allumer le feu. »

Le ton plaisant de Gates avait quelque peu rendu son assurance à Helen Mac Cready. Elle se détendit sur sa chaise et se permit même de croiser haut les jambes, non sans provoquer un éclair dans les yeux perçants de son interlocuteur. *Toi, mon joli,* pensa-t-elle, *tu voudrais bien que je joue les Sharon Stone. Tu vas être déçu.* Elle n'en était pas moins fière de se voir ainsi distinguée par l'un des plus hauts responsables de la C.I.A., pour une mission qui, de toute évidence, était de tout premier plan.

— Qu'attendez-vous de moi, au juste ? osa-t-elle demander.

— Ma petite histoire de grenouille ne vous a pas plu ? Ne soyez pas impatiente. Chaque chose en son temps. Pour le moment, je ne peux que vous dire ceci : nous vous avons choisie un peu en raison de votre apparence physique. Vous voyez, je vous dis carrément la vérité. Il va s'agir pour vous de séduire un personnage dont je vous donnerai plus tard l'identité, et de l'amener grâce à vos charmes à entrer dans notre jeu. Un personnage qui, nous le savons, est particulièrement sensible à la beauté féminine. Mais il n'est pas seulement un amateur de belles femmes. Il occupe un poste clé qui lui permet d'exercer une grande influence dans une entreprise étrangère qui nous intéresse beaucoup.

— Qu'entendez-vous par séduire ? Jusqu'où dois-je aller ?

— Ma petite, ce sera à vous de voir. Vous voulez que je vous raconte la longue histoire de l'espionnage au féminin ? Une histoire qui remonte à la plus haute antiquité et qu'illustrent des femmes célèbres… Mais ne faisons pas de roman-feuilleton : l'essentiel est que l'homme en question vous mange dans la main rapidement. Si vous pouvez y parvenir sans coucher, tant mieux pour vous. À moins qu'il ne vous plaise…

Le cynisme goguenard de Gates, et maintenant sa trivialité et ses allusions directes commençaient sérieusement à irriter Helen Mac Cready, de même que sa façon de l'appeler avec condescendance « ma petite ». L'espion s'en aperçut : « Allons, allons, ne vous énervez pas. Ce sont aussi vos autres qualités qui vous ont fait choisir. Nous ne manquons pas de jolies filles à la C.I.A., mais il y en a peu qui maîtrisent aussi bien plusieurs langues, dont le français et l'allemand. Vous avez fait des études en Allemagne, et si votre père est d'origine écossaise, votre mère est française. Cela vous servira. Il y en a peu également qui possèdent de sérieuses connaissances en matière de technologie appliquée. Elles vous serviront. Vous avez compris que l'homme que vous aurez à approcher est français, industriel et ingénieur de haut niveau. Si j'ajoute que nous allons vous faire passer pour une journaliste spécialiste d'aéronautique, vous avez désormais une idée plus nette de ce qui vous attend. Vous voyez que ce n'est pas une simple opération destinée à compromettre sexuellement un ennemi des États-Unis... »

Helen aurait bien voulu en savoir plus sur sa mission exacte, et surtout sur le personnage qu'elle était supposée séduire, mais Gates ne semblait pas disposé à aller plus loin au cours de ce premier entretien. Il ouvrit un tiroir de son bureau et en sortit un épais dossier marqué du tampon *Top secret.* « Étudiez ces documents de près. Ils répondront à beaucoup des questions que vous vous posez, évidemment. La prochaine fois que nous nous verrons – ce sera très bientôt –, vous saurez exactement ce que nous attendons de vous. À propos, je souhaite que vous restiez à proximité. Vous habitez Washington, je crois. Évitez de trop vous éloigner. Je peux vous appeler à tout moment... Et restez aussi belle », ne put-il se retenir de lui dire en la raccompagnant jusqu'à la porte de son bureau.

Helen ne répondit pas. En s'éloignant dans le couloir, elle sentit le regard de l'espion fixé sur ses cuisses bronzées.

Une fois seule, dans sa petite Honda garée sur le parking de Langley, elle ouvrit le dossier que Gates lui avait remis. Sur la première page, en caractères gras, un simple mot : **JetAir**.

6

LE JARDIN DE L'HÔTEL de Matignon, l'un des plus beaux de Paris, en plein septième arrondissement, étale la magnificence de ses grands arbres, autour de la pelouse remontant en pente douce jusqu'à la rue de Babylone.

Debout, derrière la haute fenêtre de son bureau, le Premier ministre français regardait sans les voir les ouvriers dressant l'estrade qui allait, tout à l'heure, lui permettre de s'adresser aux députés de sa majorité. Dans le coin à droite, les employés d'un traiteur sortaient d'une camionnette bouteilles de champagne et assiettes de petits fours, pour les placer sur les tables alignées dans l'allée de gravier.

Deux ans après, le chef du gouvernement français s'étonnait encore d'être là, dans ce bureau où tant d'hommes importants s'étaient succédé, et où le pouvoir exécutif réel avait eu traditionnellement son siège, jusqu'à ce que la Ve République ne le transfère pratiquement de l'autre côté de la Seine, à l'Élysée. Cette fois, il était revenu rue de Varenne, et la cohabitation s'était installée entre un président de droite, dont les troupes avaient été battues aux élections législatives, et un Premier ministre socialiste, chef d'une gauche victorieuse. Comment le Président, assuré d'une majorité fidèle, avait-il pu faire à ses adversaires le cadeau insensé du pouvoir, en provoquant une dissolution qui ne pouvait qu'être calamiteuse pour lui, compte tenu de la conjoncture générale, le Premier ministre ne parvenait toujours pas à le comprendre.

Ce jour-là encore, penché devant sa fenêtre, il continuait à réfléchir à l'effrayante responsabilité qui lui était littéralement tombée sur les épaules, alors qu'il n'y était pas préparé. Il avait fallu faire face…

Il sentit plus qu'il ne l'entendit l'entrée de l'huissier à chaîne, venu lui annoncer les visiteurs qu'il attendait. Il s'était facilement habitué, lui, le républicain, l'homme de gauche, l'ancien trotskiste du temps de sa jeunesse folle, à l'apparat de la puissance, hérité du passé monarchique de la France, les ors et le stuc, le personnel obséquieux, les voitures à cocarde tricolore, tous les attributs de la cour. Il redressa sa haute taille, passa sa main dans sa chevelure blanche bouclée et regagna son bureau, adossé à l'ancienne cheminée qu'aucune cendre ne maculait plus depuis longtemps. « Faites entrer », dit-il simplement.

L'huissier introduisit cérémonieusement le ministre de la Défense, Alain Richard, et le ministre des Finances, Dominique Strauss Kahn. Un troisième homme les accompagnait, que le Premier ministre n'avait pas convoqué, mais qu'il reconnut comme étant le directeur du cabinet du ministre de la Défense. Étant donné le sujet qui allait être évoqué, Jospin ne fut pas étonné de la présence d'André Chauveau. Il savait le rôle que celui-ci jouait dans toutes les questions touchant à l'aéronautique. Et c'est bien d'aéronautique dont il allait être question.

« Bonjour Alain, bonjour Dominique, et bonjour monsieur Chauveau. » D'entrée, le Premier ministre marquait la différence entre ses interlocuteurs.

« Vous connaissez l'objet de cet entretien, dont je n'ai pas à souligner le caractère confidentiel. Il ne figure pas sur mon agenda, et j'espère que vos attachées de presse n'en ont pas répandu l'information... » Visiblement, Jospin, connaissant les mœurs des attachées de presse ministérielles, en doutait. Il enchaîna :

— Quoi qu'il en soit, il n'en sera fait aucun compte rendu. Donc, je souhaite que nous parlions de l'évolution de la construction aéronautique des deux côtés de l'Atlantique. Grâce à la montée en puissance de JetAir, dont nous ne pouvons que nous réjouir étant donné les devises que cela fait entrer dans les caisses de l'État, c'est un véritable duopole qui s'est constitué avec Boeing. La compétition est rude. Ce n'est pourtant pas une raison pour nous brouiller davantage avec les Américains. Je n'oublie pas que ceux-ci nous ont discrètement aidés lors des dernières batailles électorales. Ne jouez pas les étonnés : vous savez bien que les États-Unis nous ont donné un sérieux coup de main financier pour notre campagne... Bien que la politique étrangère soit théoriquement – une théorie d'ailleurs sans fondement réel – réservée au président de la République, j'aimerais que, d'une façon ou d'une autre, mon gouvernement manifeste son désir de voir la France se montrer une meilleure alliée des États-Unis que par le passé récent. Et l'aéronautique peut être un bon terrain pour cela.

— Pour ma part, je n'y verrais que des avantages, déclara le ministre des Finances, à condition, bien sûr, que les intérêts français soient préservés.

— Cela va de soi, répondit le Premier ministre, avec hauteur.

Il n'appréciait pas que l'on pût mettre en doute sa loyauté.

« Mais, intervint le ministre de la Défense, êtes-vous bien sûr de la pureté des intentions de nos amis américains ? Boeing est pour eux d'une importance capitale, économiquement, politiquement, et militairement. JetAir est une épine insupportable dans le pied de l'oncle Sam. J'aimerais bien que Chauveau, qui a largement contribué à la constitution du groupe de Jean-Luc Lagardère, nous donne son avis sur ce point. »

Jospin se tourna vers le directeur du cabinet d'Alain Richard.

— Je pense, monsieur le Premier ministre, dit celui-ci, qu'il conviendrait au moins d'obtenir des éclaircissements. Il me revient en effet, par la DGSE, que la C.I.A. a été chargée officieusement d'enquêter sur les méthodes employées par JetAir pour obtenir ses résultats. Sur les secrets de sa réussite.

— Ridicule ! s'emporta Jospin. En fait de secrets, il s'agit de données strictement techniques, que l'on trouve exposées dans toutes les revues spécialisées. Nous n'y ajoutons que notre expérience et notre savoir-faire.

— Sans doute, monsieur le Premier ministre. C'est ce qui m'amène à penser que l'action demandée à la C.I.A. a d'autres buts qu'une simple recherche de renseignements.

Jospin hocha la tête. Il ôta les lunettes cerclées d'écaille qu'il quittait rarement et, s'essuyant les yeux, déclara pensivement : « Peut-être avez-vous raison. Il faut en avoir le cœur net. Nous allons demander à la DGSE de pousser son enquête en ce sens. » Se tournant vers le ministre de la Défense : « D'autre part, il me semble que vous avez l'intention de vous rendre aux États-Unis pour une visite de certaines installations militaires, à l'invitation de votre homologue. J'aimerais que vous en profitiez pour vous informer, aussi discrètement que possible. Tenez : demandez donc à notre ambassadeur à Washington d'organiser une réception. Veillez à ce que, parmi les invités, figurent quelques personnes bien renseignées sur la situation dans l'aéronautique. Ah, j'y pense, invitez les gens de JetAir. Il ne serait pas mauvais, monsieur Chauveau, que vous y soyez également. »

Entendant un léger brouhaha qui montait du jardin malgré l'épaisseur des vitrages à l'épreuve des balles, le Premier ministre conclut l'entretien : « Eh bien, messieurs, il nous faut maintenant rejoindre mes invités. Les parlementaires n'aiment pas attendre ! »

7

En quelques jours d'un travail acharné, grâce aux documents que Gates lui avait remis, complétés par ses propres recherches sur Internet, Helen Mac Cready était devenue une véritable spécialiste de l'économie de l'aéronautique civile dans le monde. À vrai dire, cela se résumait pratiquement à un duel franco-américain, JetAir contre Boeing. Mais quel duel !

Elle avait été particulièrement intéressée par la façon extraordinaire qu'avait eue l'équipe de Jean-Luc Lagardère de prendre le contrôle du constructeur de JetAir. Une incroyable opération, menée de main de maître, dans laquelle une société de taille modeste, appartenant à l'industriel, mais en grande difficulté financière, avait réussi à « avaler » littéralement une énorme entreprise, développant un produit phare, JetAir, pour concurrencer les appareils construits par le mastodonte Boeing. Une concurrence en passe de tout emporter dans la décennie.

Helen, qui appréciait les hommes capables de tels exploits, avait lu avec passion une note des services secrets français que la C.I.A. s'était procurée – par quelle voie ? – et qui décrivait par le menu l'itinéraire de Jean-Luc

Lagardère. Un vrai capitaine d'industrie qui, après avoir pratiquement connu le désastre à la suite d'aventures dans l'audiovisuel – faillite de la chaîne de Télévision « La Cinq » –, avait su redresser la barre, conserver la toute-puissante maison d'édition Hachette (celle que les journalistes français appelaient « La Pieuvre », tant étaient longs ses tentacules), avant de lancer son raid sur JetAir. Et de s'y imposer, avec ses *boys*, de jeunes ingénieurs brillants et pleins d'ambition, malgré la haine qui existait véritablement entre les deux maisons.

Au fil des pages, elle avait vu évoluer tout ce petit monde, repéré telle ou telle personnalité aux côtés de Lagardère. Un gestionnaire, Georges Olivier, agrégé de mathématique, ayant commencé sa carrière comme actuaire de la Caisse des Dépôts française, que le « patron » avait distingué, et qui l'avait sauvé financièrement grâce à des montages financiers aussi acrobatiques que subtils, à base de reports de dettes successifs, ce qui lui avait valu de devenir associé gérant de Lagardère SA. Le directeur des études, Hervé Loriot, personnage de roman, maniaque du secret jusqu'à la folie, qui multipliait les contacts internationaux utiles pour le patron : la note le surnommait « L'Homme aux dix téléphones portables », chacun étant relié à un correspondant et à un seul.

D'autres encore qui n'appartenaient pas tous directement à l'équipe Lagardère, mais qui avaient travaillé pour elle, animés par des motifs divers, pas toujours exclusivement financiers. Ainsi d'un certain André Chauveau qui émargeait au budget du ministère de la Défense dont dépendait alors la société qui construisait JetAir. Il dirigeait à présent le cabinet du ministre.

Fascinée, Helen avait lu comment, en février 1999, au lieu d'effectuer un rapprochement technique, Lagardère et ses *boys* avaient imposé la fusion entre les deux sociétés et réussi cette performance incroyable de s'accaparer 100 % du management de la nouvelle entité, alors qu'ils n'avaient que 5 % des actions, même après le « gonflement », pour la circonstance, de la valeur des leurs. Tous les grands cadres « adverses » avaient été écartés sans trop de ménagements, et les nouveaux maîtres de l'ensemble que présidait désormais Georges Olivier, s'octroyaient des salaires pharamineux. Avec les succès de JetAir, l'argent coulait à flots dans l'entreprise. La note précisait même qu'il existait un « préposé aux valises de billets », dont elle donnait le nom….

Helen Mac Cready n'eut que quelques heures pour digérer tout ce qu'elle avait appris. L'appel de Gates la surprit alors qu'elle songeait à aller prendre l'air chez des amis, dans la campagne de Washington, afin de retrouver des gens normaux, ignorants des manœuvres qui peuvent se dérouler dans ce bas monde…« Je veux vous voir demain, à 9 heures, à Langley. »

La « vie normale » attendrait…

8

« BONJOUR HELEN. » Le ton n'était plus à la plaisanterie. John P. Gates ne s'était même pas levé pour accueillir la jeune femme.

— Les choses se précipitent. Les Français paraissent décidés à bouger. Pas question de les laisser prendre l'initiative. Nous allons donc mettre en œuvre l'opération « Noyade de grenouille », « Frog drowning » – ce n'est qu'une partie de notre plan d'ensemble, que j'ai officieusement baptisée ainsi pour notre commodité à nous deux – plus tôt que prévu. Avez-vous étudié les éléments que je vous ai communiqués ?

— Oui, bien sûr, répondit Helen Mac Cready. Je dois dire que j'ai été impressionnée par tout ce que j'ai lu. J'ai en particulier découvert quelques personnages très intéressants !

— Et vous n'avez encore rien vu... Il faut passer aux actes. Premier point : vous faites partie désormais de la rédaction de la revue *Aviation Espace* que nous avons créée pour la circonstance. Ne vous inquiétez pas : elle aura une existence réelle, du moins le temps que nous jugerons nécessaire. Le dépôt officiel du titre a été fait, et nous avons même nommé un rédacteur en chef, un ancien pilote de chasse sachant écrire que nous faisons travailler à l'occasion. Un homme de toute confiance. Vous n'aurez pas à vous en préoccuper. Vos « articles » paraîtront effectivement, au milieu d'autres textes, mais nous nous chargerons de les rédiger. Vous voyez que nous avons le souci du détail. Il faut que votre couverture résiste au moins à une enquête sommaire. Bien que je ne pense pas qu'il y en ait une… Les Français ne sont pas si soupçonneux. Leur genre, c'est plutôt la certitude de soi. Nous en profitons largement.

— Est-ce que je dois changer de nom ? demanda Helen.

— Nous y avons réfléchi. Étant donné que vos exploits passés, bien que réels – Gates avait vu Helen sourciller – ont été plutôt… discrets, nous estimons que ce n'est pas nécessaire. Ce serait compliquer les choses pour vous. Donc vous restez Helen Mac Cready, jeune journaliste se spécialisant dans l'aéronautique.

— J'aurai peut-être à rencontrer des « confrères » qui s'étonneront de mon peu d'expérience.

— C'est, en effet, un risque. À vous d'être habile. D'ailleurs, si j'en crois votre cursus, vous avez de sérieuses notions dans ce domaine. Je vous l'ai dit l'autre jour : ce fut un élément important lorsqu'il s'est agi de choisir quelqu'un pour cette mission. Sachez également jouer de vos charmes. Les journalistes de l'aéronautique sont presque tous des hommes… plutôt machos… comme moi !

L'espion n'avait même pas souri. Helen se contenta d'opiner. Après tout, quand la C.I.A. l'avait engagée, elle avait bien mesuré le profit que l'Agence entendait tirer également de son allure physique.

— Je vous ai dit que les choses se précipitent. Il y a une semaine, nous avons appris qu'à l'occasion de la venue du ministre français de la Défense, que notre gouvernement a invité à visiter certaines de nos installations – il paraît que nous sommes alliés ! –, une réception aurait lieu à l'ambassade de France à Washington. En consultant la liste des invités, que nous nous sommes évidemment procurée, nous avons constaté que pratiquement tous les responsables de JetAir seraient là. Sauf, hélas, Jean-Luc Lagardère. C'est peut-être mieux ainsi, car il aurait accaparé l'attention. En tout cas, la présence de ces messieurs se justifie par l'envie qu'ont les Français de se voir commander des avions ravitailleurs par l'US Air Force. Après en avoir discuté, nous avons décidé que la meilleure « cible » pour nous s'appelle Hervé Loriot. C'est le nom du personnage dont je vous avais parlé.

— Loriot ! Ce que j'en ai lu m'a en effet donné envie d'en savoir plus !

— Voilà qui est parfait ! C'est lui que vous êtes chargée de séduire, puis d'utiliser pour faire passer nos messages. Puisque vous avez bien lu le dossier, vous avez constaté que l'homme est extrêmement intelligent – il faudra vous méfier – mais qu'il présente aussi un ego incroyable. Il se prend pour le plus grand spécialiste mondial de l'Intelligence économique. Il se targue d'entretenir des relations étroites avec les « grands » de ce monde, se déclare le meilleur ami d'Henry Kissinger, et jouit d'une grande influence auprès de Lagardère. Il a fait, vous l'avez vu, ses études ici, aux États-Unis, à l'université de Harvard, avant d'intégrer Centrale, une grande école française d'ingénieurs. Bref, un gros poisson. Mais un poisson orgueilleux et tout à fait imprévisible.

Gates s'arrêta, une idée amusante lui ayant traversé l'esprit : « Je devrais plutôt dire, puisque notre opération s'appelle "Frog drowning", une grenouille qui se croit plus grosse qu'un bœuf. » L'espion partit d'un petit rire satisfait : il avait montré à cette jeune femme, pétrie de culture française par sa mère, qu'il connaissait La Fontaine.

« Bref, reprit-il sérieusement, voici votre carton d'invitation pour la réception. Mettez votre plus jolie robe de cocktail. Devenez la meilleure amie de Loriot… et plus, si affinités… »

9

L'AMBASSADE DE FRANCE à Washington, un jour de grande réception, offre un spectacle superbe. Non pas que le bâtiment lui-même soit vraiment attrayant. Le 4101 Reservoir Road, en lisière nord de l'université Georgetown, présente une succession de terrasses en béton dues sans doute au modernisme de l'architecte André Remondet, mais qui, par temps gris, font plutôt penser à un blockhaus en étages… Lorsqu'il fait beau, les buffets, surchargés de produits *made in France*, installés dans les jardins ou sous des tentes multicolores, rappellent aux invités que la France sait recevoir.

D'ailleurs les Américains adorent se rendre aux réceptions que donne l'ambassadeur. La bonne société de la capitale des États-Unis considère que la Maison Blanche elle-même ne peut pas rivaliser, ni le Président égaler l'extrême élégance et la courtoisie cérémonieuse qui caractérisent la façon dont le Français traite ses hôtes.

Ce soir-là, comme toujours, tout ce que Washington compte de personnages importants était là, pour honorer la présence du ministre français de la Défense. Le gouvernement des États-Unis était pratiquement au grand complet, à l'exception du Président lui-même. Pour donner à la réception un air d'actualité, une grande maquette de JetAir trônait devant l'entrée de l'immeuble. Une sorte de clin d'œil ironique que les représentants de Boeing invités apprécièrent diversement…

« Helen Mac Cready, journaliste », avait clamé l'aboyeur. La jeune femme avait été saluée avec gentillesse par l'ambassadeur et son épouse. Elle savait que le diplomate français avait été le conseiller technique de deux présidents de la République, et qu'il avait été nommé récemment à Washington, l'un des plus prestigieux postes qui soient.

Helen eut conscience, en entrant dans le premier salon, qu'elle attirait tous les regards des invités déjà présents. Elle avait d'ailleurs pris soin d'arriver avec quelque retard, sur l'horaire indiqué par le carton. Grande et mince, sa fine silhouette prise dans une robe moulante, au décolleté sage mais flottant sur des seins que l'on devinait libres de toute entrave, sa blonde chevelure artistement coiffée en papillotes voluptueuses, elle faisait sensation. Gates aurait sûrement dit, s'il connaissait l'expression, « qu'elle en jetait un rayon ».

Se promenant un peu au hasard dans la foule, elle n'eut aucun mal à nouer conversation avec les membres de l'importante délégation française, sa parfaite connaissance de la langue étant immédiatement appréciée. Elle constata, au passage, que la « réputation » des Français de ne pas bien maîtriser l'anglais n'était pas exagérée… Elle dut même, à plusieurs reprises, jouer les interprètes. Mais elle n'était pas là pour cela.

Dès l'entrée, elle avait aperçu sa « victime ». Il faut dire qu'avec son air de Pierrot lunaire, sa silhouette dégingandée, ses cheveux ébouriffés, sa cravate de travers surgissant d'un costume trop ample pour lui, il était difficile de ne pas le remarquer. Il était en grande conversation avec un Américain qu'elle reconnut sans peine, Henry Kissinger. Ce qu'elle avait lu de ses rapports avec l'ancien secrétaire d'État était donc vrai.

Près des deux hommes, écoutant leurs propos sans intervenir, se tenait un troisième personnage, petit, râblé, la mèche rebelle sur un front immense. Helen fit appel à ses souvenirs : elle avait vu ce visage en photo dans le dossier de Gates. Aucun doute, il s'agissait de Georges Olivier, l'homme de confiance de Jean-Luc Lagardère, celui qui l'avait habilement sorti de ses difficultés financières. Plus loin, elle repéra le ministre français de la Défense qui s'entretenait avec son homologue américain.

Elle remarqua le manège d'un autre Français qui tournait autour des deux ministres, cherchant sans trop se dissimuler à entendre ce qui se disait. Interrogeant discrètement l'un des membres de l'ambassade qui, depuis le début, appréciait visiblement sa compagnie, elle apprit qu'il s'agissait d'André Chauveau, le directeur du cabinet du ministre français. L'homme, clairement, était lui-même en mission de renseignement.

Helen vit qu'un groupe plus important s'était formé autour des ministres. Elle avait noté la manœuvre de Loriot, fendant la foule pour venir s'y mêler. Elle-même effectua un savant rapproché, son lumineux sourire servant d'excuse auprès des personnes qu'elle dérangeait. Malgré le brouhaha général, elle parvint à saisir l'essentiel de la conversation, visiblement très animée, entre les représentants des deux gouvernements.

— Cher ami, disait suavement le Français, vous avez vu que notre JetAir remporte succès sur succès.

— Certes, répondait l'Américain. Nous sommes ravis de voir nos amis si bien réussir.

Voyant l'air dubitatif de son interlocuteur, il partait d'un grand rire :

— *Well* ! Vous pensez bien que nos industriels ne vont pas rester sans réagir !

— Vos industriels, seulement ?

La question sortait trop évidemment du langage diplomatique. Le ministre des États-Unis, qui en avait vu d'autres, ne se formalisait pas :

— Vous nous connaissez. Notre principe est que le meilleur gagne.

— C'est justement parce que nous vous connaissons que mon gouvernement s'interroge.

L'Américain ne parut pas choqué. Il enchaîna : « Il y a une chose, cependant, que je suis autorisé à vous dire. Elle vous montrera que nous sommes vraiment *fair play* : nous ne comprenons pas pourquoi la France ne cherche pas à élargir le succès de JetAir, en constituant un grand groupe européen de l'aéronautique, avec les Allemands en particulier. N'avez-vous pas déjà des accords avec ceux-ci ? Là, vraiment, nous pourrions avoir peur d'être dépassés. »

Le ministre français, désarçonné, regarda son homologue. Quel message l'Américain avait-il voulu faire passer ? Il ouvrit la bouche pour répliquer, mais un regard courroucé de son directeur de cabinet, qui s'était prudemment placé dans son champ de vision, l'en dissuada.

Cette fois l'ambassadeur, qui avait fini d'accueillir ses invités et avait rejoint le groupe, comprit que la conversation allait tourner à l'aigre. Profitant du silence pesant qui s'était établi et ignorant délibérément la hiérarchie protocolaire, il entreprit de changer de sujet : « Peut-être a-t-on assez parlé d'aéronautique. Il y a aussi l'actualité brûlante. Vous savez que le président des États-Unis s'apprête à prononcer un grand discours sur le Moyen-Orient. La situation en Irak devient préoccupante… »

Helen jugea le moment opportun pour entrer en action. Depuis quelques minutes, elle s'était placée à côté de Loriot, et celui-ci l'avait enveloppée d'une longue œillade appuyée. Elle se présenta en français :

— Helen Mac Cready. Je suis journaliste professionnelle et je travaille pour la revue *Aviation et Espace*. Vous la connaissez, naturellement.

— Bien sûr, répondit Loriot, qui n'en avait jamais entendu parler.

— Je sais que vous êtes le haut responsable des études chez JetAir. Pourrais-je avoir un entretien avec vous ?

Flatté qu'une si jolie femme s'intéresse à lui, Loriot regarda longuement Helen. Elle avait une façon de cambrer les reins en parlant, sans doute pour mettre sa poitrine en valeur, qui le fascinait. Cette journaliste méritait vraiment qu'on s'y intéresse de près… « D'accord. Mais sortons d'ici. Il ne s'y passera plus rien et il y fait beaucoup trop chaud. »

Helen constata qu'il était réellement en nage, malgré l'air conditionné, et quelque peu congestionné. *Je crois qu'il me trouve à son goût*, pensa-t-elle avec amusement.

10

LE DÉCOR NE CHANGEAIT PAS, ni l'accueil rébarbatif du maître espion. Helen avait décidé de n'y plus faire attention. Elle était là pour rendre compte des premiers résultats de sa mission, et elle avait quelque raison de se sentir satisfaite.

Tout s'était bien passé avec Loriot. Celui-ci l'avait emmenée au *Tabaq*, un bar dans U Street, la seule rue animée de Washington la nuit. Sans se faire prier, devant un whisky écossais, en hommage à la jeune femme, il avait longuement dépeint la situation de JetAir, et les ambitions de ceux qui dirigeaient la nouvelle société créée par Lagardère. Il ne tarissait pas d'éloges à propos de ce dernier, mais insistait sans cesse sur le rôle que lui, Loriot, avait joué dans la prise en main de l'entreprise et dans la définition de ses objectifs.

« En fait, dit-elle à Gates, il ne m'a pas appris grand-chose. Il est tellement imbu de lui-même que, me semble-t-il, il croyait me faire d'énormes révélations. Une journaliste, de surcroît américaine, ne peut avoir une réelle connaissance d'un sujet aussi compliqué ! J'ai joué les parfaites idiotes, simulé l'extrême admiration que j'éprouvais pour son immense compétence, et sa fatuité l'a empêché de s'en rendre compte. Bref, comme vous me l'avez demandé, il me mange dans la main ! »

Gates sortit du silence qu'il avait respecté depuis le début du compte rendu d'Helen.

— Rien de plus ?

— Si cette question sous-entend que nous aurions pu aller au-delà de simples relations professionnelles, la réponse est : peut-être. Si je vous disais qu'il avait clairement de telles envies, vous ne seriez sans doute pas étonné. Mais je suis parvenue jusqu'à présent à décourager des assauts trop précis. Cependant, je ne garantis pas qu'il ne tente pas quelque chose ce soir, au cours du dîner.

— Si je comprends bien, il vous a invitée ! Bravo. Vous allez vite en besogne !

Le maître espion était à peine ironique. Il commençait vraiment à éprouver de l'estime pour cette très belle jeune femme. Elle serait décidément un excellent agent.

« Je vais donc vous en dire maintenant un peu plus sur nos projets et sur le rôle que vous allez continuer de jouer. D'après le rapport qui m'a été fait de la réception à l'ambassade de France – eh oui, j'avais des hommes à moi sur place, qui n'ont pas perdu une syllabe de l'accrochage entre les deux ministres –, notre représentant a réussi à faire passer le message essentiel que nous voulons envoyer au gouvernement français : les États-Unis ne verraient aucun inconvénient à ce que la société de Jean Luc-Lagardère s'ouvre plus largement à des partenariats étrangers, et d'abord aux Allemands. C'est sur ce dernier point que je vous demande d'insister ce soir. Naturellement, vous ferez en sorte que Loriot ne voie dans votre propos que l'intérêt qu'un journaliste bien informé porte au développement d'une entreprise devenue majeure au plan international. Il ne s'agit pour vous, il faut qu'il en soit persuadé, que de stratégie industrielle. Faites-le parler sur ce sujet. Chauffez-le pour qu'il devienne le fervent partisan de l'idée. À mon avis, ce ne doit pas être trop difficile. » Et, ne résistant pas à l'envie de la titiller : « Après tout, peut-être ne sera-t-il pas nécessaire qu'il vous mette dans son lit. Vous y perdrez, d'ailleurs, car les lits de l'hôtel Sofitel où il est descendu sont excellents. »

Helen ne releva pas. Elle ne dit pas que le dîner du soir était précisément prévu dans cet hôtel… Gates le saurait, de toute façon. Elle avait constaté, sans étonnement, qu'elle était elle-même suivie par des collègues de la C.I.A., qui ne faisaient pas grand effort pour se cacher. Le maître espion ne négligeait aucun détail. Celui-ci reprit : « Vous n'avez pas oublié ma petite histoire de grenouille ? Eh bien, l'eau dans laquelle nous allons faire baigner les Français sera une eau allemande. C'est grâce aux Allemands, entrés en force dans le schéma de JetAir, que nous récupérerons le contrôle de la situation dans la construction aéronautique. »

Gates appuya sur un bouton dissimulé sous son bureau. Presque aussitôt entra dans la pièce un homme mince et grand, le cheveu noir coupé ras, sanglé dans un costume qu'il portait comme un uniforme. D'emblée, Helen éprouva une sensation désagréable à la vue de ce personnage. De toute évidence, c'était un ancien militaire. La façon qu'il eut de claquer les talons en saluant Gates et son invitée ne laissait place à aucun doute.

« Helen, dit Gates, je vous présente Werner Summers. Il est allemand et a travaillé dans les services de renseignements de l'armée de son pays. Il est devenu lui-même un spécialiste des aéroplanes. Il connaît très bien les États-

Unis pour y avoir fait ses études. D'une certaine façon, c'est un autre Loriot et, d'ailleurs, ce dernier l'a souvent rencontré. Comme finalement, ce monde de l'aéronautique est tout petit, il faut que vous sachiez que Jean-Luc Lagardère subventionne un Institut franco-allemand que notre ami Summers fréquente assidûment.... Je voulais que vous le rencontriez, car c'est beaucoup sur lui que nous comptons pour amener les Français là où nous voulons qu'ils aillent. Vous aurez sans doute souvent à le croiser, ici ou en France. »

Helen apprit ainsi que sa mission ne s'arrêterait pas au départ des Français de Washington. Gates enregistra l'éclair de joie qui était passé dans les yeux bleus de la jeune femme, mais il ne fit pas d'autre commentaire, ajoutant simplement à son intention : « Vous avez compris que notre cher Summers constitue l'une des mâchoires du piège que nous allons tendre à nos amis de Paris. »

11

Le Premier ministre français était d'humeur charmante, au point de complimenter ses secrétaires pour leur travail. Cela lui arrivait si rarement qu'elles s'interrogeaient sur les raisons d'une telle gentillesse, lui qui se contentait généralement de relations courtoises mais strictement professionnelles.

C'est qu'il avait pris connaissance avec plaisir du compte rendu écrit que lui avait fait son ministre de la Défense, corroboré par une conversation téléphonique avec l'ambassadeur de France à Washington. À vrai dire, ce dernier avait paru moins enthousiaste que le ministre ne l'était dans son rapport. Le Premier ministre avait mis ces réticences sur le compte de l'habituelle prudence des diplomates.

Le fait que les Américains ne se déclarent pas choqués par une entrée éventuelle d'autres partenaires européens dans le capital de la société construisant JetAir, au contraire, le comblait d'aise. Voilà qui permettrait un meilleur développement du groupe, tout en manifestant au monde que la France et les États-Unis étaient sur la même longueur d'onde. Lui, Jospin, allait faire d'une pierre quatre coups : montrer la foi en l'Europe de la France, accroître le potentiel industriel de celle-ci, rétablir un axe franco-allemand qui avait bien souffert ces derniers temps, tout en effectuant paradoxalement un rapprochement avec les Américains. De la grande politique. Le président de la République, dans son bunker élyséen, allait en faire une jaunisse…

Le Premier ministre était d'autant plus heureux que la conseillère principale du chancelier allemand, une Française d'ailleurs, avec laquelle il avait eu la veille une longue conversation, s'était montrée enthousiaste à l'idée d'une plus grande participation de l'Allemagne à JetAir. Il ne doutait pas un instant que cette dame influente parlait, officieusement certes, mais réellement, au nom du gouvernement allemand.

Décidé à battre le fer tant qu'il était chaud, Jospin avait convoqué ce matin-là toutes les parties prenantes françaises au projet. L'affaire, naturellement, s'organiserait autour de l'équipe Lagardère et de son chef incontesté. Le Premier ministre avait bien conscience de faire un formidable cadeau à ce dernier. Après tout, même s'il était plutôt de droite, l'homme avait démontré ses capacités de capitaine d'industrie. La France ne comptait pas assez de représentants de cette espèce. « Et puis, soliloquait le Premier ministre, Lagardère, ce n'est pas Tapie. Lui, au moins, est un homme sérieux ! »

Ce qu'il ne dirait pas tout à l'heure, au cours de la réunion, c'est que Lagardère présentait un intérêt supplémentaire à ses yeux. Un intérêt majeur pour le chef de parti qu'il était resté, en dépit de ses fonctions de chef de gouvernement : Hachette est une redoutable entreprise qu'il vaut mieux avoir dans son camp, avec ses multiples titres de presse et ses dérivés audiovisuels. Une machine d'influence qu'il ne faut surtout pas négliger. Une machine financière également qui peut contribuer à renflouer les caisses d'une formation politique, par l'intermédiaire des journaux de cette dernière : la presse du Parti socialiste prenait avec joie les publicités que lui accordait généreusement Hachette, et les recettes afférentes... De même que la presse communiste. *L'Humanité*, l'organe principal du Parti, avait également bénéficié des largesses du groupe de presse. Le Premier ministre espérait bien que celles-ci contribueraient à amadouer son ministre des Transports, un communiste, et l'amèneraient à soutenir ses projets aéronautiques, au moins à ne pas s'y opposer.

J'espère que Lagardère saura se montrer reconnaissant..., se dit-il en se levant pour aller accueillir ses visiteurs groupés dans l'antichambre dont les fenêtres donnent sur la cour de Matignon. Il y avait là, outre Lagardère lui-même, le ministre des Finances, Dominique Strauss Kahn, Georges Olivier et Hervé Loriot.

Le Premier ministre n'avait pas eu beaucoup eu d'efforts à faire pour convaincre l'industriel de l'importance de l'opération envisagée. Il avait en vérité prêché un convaincu. Depuis son retour des États-Unis, Hervé Loriot avait fait le siège de son patron. Helen avait bien travaillé. Il l'avait quittée à regret, après quelques nuits passionnées – la belle avait fini par céder, émue malgré elle par la touchante naïveté du personnage. Un grand technicien, sans doute, mais un piètre connaisseur des êtres. Une raison froide desservie par une sensibilité d'adolescent, émerveillé d'intéresser une telle beauté, fort calée en technique aéronautique par-dessus le marché… Elle lui avait promis de le rejoindre bientôt à Paris.

« Messieurs, je vais être bref, disait le Premier ministre. Vous savez ce dont il s'agit : le but de l'opération dont cette réunion constitue en fait le premier pas est de faire de la société qui fabrique désormais JetAir une puissante entreprise européenne par une transformation de la structure juridique et l'ouverture plus grande du capital à des investisseurs nationaux européens, en particulier allemands. Je ne vous cacherai pas que je souhaite que renaisse un axe franco-allemand solide, et que soient écartées les prétentions anglaises de fusion de British Aerospace, qui possède 20 % de JetAir, avec Dasa, la filiale aéronautique de Daimler. Ce qui nous aurait fait perdre la majorité. Je m'en suis entretenu avec le chancelier qui a pris en considération mes arguments. Les Allemands sont favorables à un rapprochement avec nous, à condition que l'État lui-même réduise ses participations. Je soupçonne nos amis de craindre que leur industrie de défense ne passe sous le contrôle d'un pays étranger, même européen. Votre but doit être de créer ce groupe, de lui donner un nom, et de l'imposer ensuite sur la scène internationale. Je vous donnerai, et avec moi le gouvernement, tout l'appui technique que vous souhaiterez et faciliterai tous les contacts utiles, notamment auprès des institutions bancaires, en France comme à l'étranger. La Deutsche Bank a déjà été informée, confidentiellement, de nos projets. Elle vous aidera par exemple, si nécessaire, à valoriser les différents apports. »

Un peu surpris, tout de même, par les déclarations du Premier ministre, tellement elles « collaient » avec ses propres idées, Lagardère scruta le visage de son interlocuteur, cherchant à deviner quelle manœuvre le chef du gouvernement avait imaginée. Celui-ci lui renvoya sans ciller son regard. Intuitivement, l'industriel se dit qu'il n'y avait rien à craindre. Ce socialiste n'avait décidément pas l'esprit aussi tordu que certains de ses amis… Il se contenta donc de demander :

— Y a-t-il un délai pour aboutir à la création envisagée ?

— Je pense qu'en six mois, ce dossier devrait être bouclé. Entourez-vous de tous les experts compétents. Je sais que vous avez de nombreux contacts avec les Allemands, en particulier. On m'a dit que vous travailliez déjà avec un certain Summers, que la collaboratrice du chancelier m'a, de son côté, chaudement recommandé. En fait, vous avez carte blanche. Je vous fais confiance pour assurer à ces développements la publicité convenable. C'est-à-dire, ni trop ni trop peu. Vous voyez évidemment ce que je veux dire. Nous travaillons tous pour le bien du pays, n'est-ce pas ? Tenez-moi au courant régulièrement de l'avancée de vos travaux.

En redescendant l'escalier monumental qui les ramenait dans la cour de Matignon, Lagardère et ses hommes restèrent silencieux. Dans le confort discret de la voiture aux vitres teintées où il avait pris place avec Loriot et Olivier, l'industriel laissa éclater sa joie.

— J'ai le sentiment d'atteindre bientôt le sommet de ma carrière, confia-t-il à ses compagnons. Trouvez-moi tout de suite une idée pour baptiser la future entreprise.

— Je l'ai, dit Georges Olivier. Je propose de l'appeler European Aeronautic Company, en abrégé « EURAERO ».

— Un nom anglais… C'est vrai qu'il faut bien internationaliser notre sigle. Bien, va pour EURAERO. Mais réfléchissez au détail des choses. Nous ferons le point dans quelques jours, à Ouilly. Nous y serons plus tranquilles.

12

« LE COURONNEMENT de ma carrière », avait dit Jean-Luc Lagardère en revenant de Matignon. À présent, dans son grand bureau en rotonde dont les fenêtres donnaient sur la place de l'Étoile et l'Arc de Triomphe, il s'accordait quelques instants de calme. Olivier venait de regagner son propre bureau, au bout du couloir circulaire, et Loriot avait disparu, comme par enchantement. C'était une caractéristique du personnage qui avait toujours intrigué et amusé le « patron » : cette capacité à n'être plus là, soudain, sans que l'on s'en aperçoive, puis de réapparaître quand on ne l'attendait pas. Un effet probablement de sa longue fréquentation des services secrets, lui dont nul n'ignorait qu'il avait été – et était peut-être encore – un « honorable correspondant » de la D.S.T. et de la DGSE. Jean-Luc Lagardère connaissait le passé compliqué de son conseiller spécial, devenu directeur des études du groupe, en particulier ses relations avec le complexe militaro-industriel des États-Unis.

Cela pouvait présenter quelque inconvénient, quelque danger plutôt. Mais il savait que Loriot lui était totalement, presque amoureusement, dévoué, comme il l'avait montré lors de la grande bataille déclenchée par Gonzalves, le président de Thomson, et son collaborateur Alonso, quand ceux-ci avaient voulu exploiter les difficultés du groupe Lagardère, à la suite de sa fusion avec Hachette et du désastre de la 5e chaîne télévisée que Lagardère, dans son désir de « faire » de la télévision, avait rachetée au magnat de la presse française, Robert Hersant.

Quel combat, avec quel enjeu ! Marchant de long en large dans son bureau, Jean-Luc Lagardère revécut en pensée la tentative de déstabilisation dont son groupe avait été l'objet, quand Gonzalves, employant les services d'un étrange avocat américain d'origine chinoise, Edgar Py, avait voulu le chasser de juteux contrats d'armement avec Taïwan, portant sur des frégates, des avions Mirage, et des missiles. Thomson entendait « couper les ailes de l'oiseau ».

En évoquant le nom dont ses adversaires avaient baptisé l'opération, Jean-Luc Lagardère se prit à sourire. Il n'avait pas eu les ailes coupées : la création d'EURAERO allait le démontrer une fois de plus. Mais il en voulait toujours à ces gens qui avaient finalement réussi à l'empêcher de mettre la main sur son concurrent. Il savait que « son » Loriot poursuivait d'une haine tenace les responsables de cette tentative et de cet échec. « Il vaut mieux ne pas avoir Hervé comme ennemi. Il a vraiment la langue très longue. » Jean-Luc Lagardère se surprenait à parler tout seul. « Est-ce le signe que je vieillis ? », murmura-t-il.

Tous ses amis savaient qu'il était angoissé à l'idée de la mort. Il n'avait pas encore soixante-quinze ans, et la rigueur, presque l'ascétisme de sa vie personnelle, jointe à une activité sportive régulière, lui garantissait pourtant de vivre encore bien des années. Il n'empêche : il avait tout soigneusement préparé pour le jour où il décéderait. Il avait même fait creuser un caveau dans un coin ombragé de son haras d'Ouilly, dans le Calvados. Quant à sa succession, elle était assurée, grâce aux dispositions qu'il avait prises pour assurer à son entreprise une solide structure de commandite, à la direction de laquelle il avait placé, à ses côtés, son fils Arnaud et son « bras droit », Georges Olivier.

Pourtant, Jean-Luc Lagardère restait inquiet. Avec lucidité, il mesurait le rôle personnel qu'il jouait pour donner à l'ensemble qu'il avait constitué, et qui allait prendre une autre dimension avec EURAERO, une cohérence réelle. Il savait appartenir à ce que les physiciens appellent la race des « tenseurs ». Un « tenseur », ce n'est pas seulement un entrepreneur. C'est quelqu'un vers qui tendent tous les fils de la direction. Il les tient serrés, dans sa main, et résiste aux tractions contradictoires qu'ils exercent. Mais il sait que s'il les lâche, ou si on les lui fait lâcher, les forces centrifuges vont immédiatement mettre en danger l'entreprise. C'est son père spirituel, son beau-père dans la réalité, Sylvain Floirat – un important industriel, célèbre par son accent terrible : il roulait les *r* comme personne, même au cœur du Rouergue – qui lui avait mis le pied à l'étrier et lui avait appris ce qu'était un « tenseur ».

Arnaud était là, avec les *Lagardère's boys*. Toutefois, les puissants qui voudraient profiter de sa disparition pour briser la « tension » qu'il avait créée étaient nombreux. Tous ceux qui, en France et ailleurs, ne supportaient pas qu'un « corsaire » de son espèce, à la tête d'une entreprise relativement petite, ait pu mettre la main d'abord sur un aussi grand vaisseau que la société qui avait créé JetAir – « je suis monté à l'abordage, avec mes vingt bonshommes », disait-il quand il était en veine de confidence – et soit maintenant en passe de constituer un groupe de dimension mondiale.

« Demandez à Loriot de venir », dit-il à la secrétaire qui était apparue, les bras chargés de parapheurs.

« Mon cher Hervé, vous allez avoir un rôle majeur dans le rapprochement avec les Allemands de Daimler Chrysler, aux côtés d'Olivier. Je sais que cela vous convient très bien. Mais ne cédez tout de même pas à toutes leurs demandes. Ils sont très gourmands... »

Voyant Loriot marquer le coup :

— Non, je ne vous reproche rien. Simplement, depuis quelque temps, je vous trouve bien germanophile... beaucoup plus que Georges. Lui, il ne cesse de se plaindre des exigences des Teutons. Mais je ne vous ai pas fait venir pour vous parler de votre grand ami Otto Wreth, le président de Daimler, ni de Werner Summers. Je souhaite aujourd'hui que vous preniez contact avec Dominique de Villepin, le secrétaire général de l'Élysée. Il ne faut pas tenir le président de la République à l'écart de nos petites affaires. Il a été battu aux législatives, mais j'ai bien l'impression que le balancier pourrait revenir vers la droite dans trois ans. Et nous devrons avoir avec Chirac de bons rapports... Il faut donc que nous le tenions informé. Si j'ai bonne mémoire, vous le connaissez intimement, ce Villepin ?

— Je l'ai en effet engagé quand je dirigeais le Centre d'analyse et de prévision du ministère des Affaires étrangères. Il venait de la Direction des Affaires africaines et malgaches. C'est un homme que j'aime bien, un peu trop sûr de lui, peut-être.

— Et pas forcément très adroit politiquement, dit Jean-Luc Lagardère, car c'est lui, n'est-ce pas, qui a poussé le président de la République à la calamiteuse dissolution de l'Assemblée nationale. Enfin, utilisons sa proximité du chef de l'État. Voyez-le. Faites-en un allié dans notre affaire.

13

À PERTE DE VUE, chevaux et poulinières gambadaient dans l'immense haras d'Ouilly le Basset. Au creux de la « Suisse normande », dans cette vallée de l'Orne que les éleveurs du monde entier connaissent bien, les écuries célèbres exposaient au soleil printanier leurs alignements réguliers, tout au long du chemin du Mesnil Villement.

« Vous voyez, disait Jean-Luc Lagardère à ses visiteurs, ces bâtiments ont été édifiés par le créateur du haras, Louis Tirard, en 1887. C'est lui qui a coupé toutes les haies et réalisé cet espace magnifique. » Quand il était lancé sur le sujet, le « Gascon », comme le surnommaient les journalistes, était intarissable. La petite cohorte de ses proches qui l'accompagnaient ce jour-là (« ma famille », disait-il souvent) l'avait plusieurs fois entendu raconter l'histoire du haras, dont il avait fait l'acquisition en 1981 « pour célébrer de façon capitaliste l'élection de Mitterrand », raillait-il. Disciplinés, ils écoutèrent une fois de plus le patron. Comme il était fier de succéder en ces lieux au prince d'Arenberg, au duc Decazes qui s'était associé au fameux François Dupré, dont le cheval Tantième avait gagné le Prix de l'Arc de Triomphe deux fois de suite, en 1950 et

1951 ! « Quand je pense, rappelait-il, que l'on avait installé ici des bovins, avant que j'arrive et que j'y remette des chevaux. Regardez : ils sont 220, mâles et femelles. Moi qui ne suis qu'un piètre cavalier, je suis devenu le premier éleveur français pour les courses de plat. La casaque grise et la toque noire font merveille sur les champs de courses. »

La passion de Lagardère pour les chevaux datait de plus de quarante ans, depuis qu'il avait acheté, en 1966, son premier yearling. D'abord propriétaire du Haras du Val Henry, à Livarot, il s'était donc porté acquéreur de ce magnifique domaine d'Ouilly auprès de la famille Dupré. Il présidait maintenant *France Galop*[1] et avait fortement contribué à sauver du désastre menaçant l'élevage français, en obtenant notamment une forte subvention de l'État. « Je ne suis pas venu là pour gérer le déclin, avait-il proclamé. Je ne subirai pas un deuxième échec, après la Cinq ! » Il était devenu l'un des membres les plus assidus de ce milieu huppé des courses hippiques, où l'on trouve tout le gratin de la jet-set, aristocrates, grandes fortunes, Niarchos, l'Agha Khan, la famille Weirtheimer, et pas mal d'émirs du Golfe.

Cependant, Arnaud Lagardère, l'héritier, Georges Olivier, le gestionnaire, Hervé Loriot, le directeur des études, aux impressionnantes relations internationales, et quelques autres, n'étaient pas venus au haras pour parler chevaux avec le maître des lieux, mais pour discuter des modalités de création d'EURAERO. Lagardère sentit leur impatience, sous l'appa-

1 . France Galop est la société organisatrice de courses de plat et d'obstacles en France. Elle a été crée en 1995 par la fusion de la Société d'Encouragement et des Steeple-Chases de France, de la Société de Sports de France et de la Société Sportive d'Encouragement. Sa vocation est d'améliorer les races de chevaux de galop.

rence respectueuse de sa petite cour. « Bon. Je vous ennuie avec mon… dada… » Il rit de sa plaisanterie. « Allons, je vous emmène déjeuner à l'*Auberge de Saint Christophe*. Vous verrez, on y mange très bien. Les époux Lecoeur sont adorables et font le maquereau au cidre mieux que personne. Cette région est formidable. Savez-vous qu'il y a ici tous les ans une foire aux pommes, sous les halles, où l'on trouve, tenez-vous bien, plus de deux cents variétés de ce fruit ? »

L'accueil et la chère, à l'auberge, furent à la hauteur des pronostics de Lagardère. Au dessert, en dégustant un petit verre d'un très vieux calvados, le « patron » en vint enfin au sujet du jour. Il savait en fait très exactement ce qu'il voulait : le contrôle personnel total sur le nouvel ensemble aéronautique en gestation.

— Olivier, je sais que vous n'aimez pas les Allemands. C'est pourtant vous, en vous appuyant sur leur grand ami Loriot – Lagardère souligna son allusion d'un clin d'œil appuyé adressé à ce dernier –, qui aurez à gérer la fusion entre nous et eux, c'est-à-dire avec Dasa, la filiale de Daimler Chrysler. Nous avons l'accord du gouvernement, plutôt ses encouragements.

— J'ai compris, Jean-Luc, répondit Olivier. Mais il y a un problème de valorisation des apports respectifs. Je ne parle pas des Espagnols, qui pèsent relativement peu, ni des 15 % que le gouvernement veut conserver, mais de la part allemande : selon mes calculs, elle doit être sensiblement inférieure à la part française.

— C'est hors de question. Je vous demande de réaliser l'accord sur une parfaite égalité entre nous et eux.

— Mais, s'écria Olivier, vous faites aux Allemands un cadeau formidable !

— Croyez-vous que je ne le sache pas ! J'entends bien obtenir en échange, de leur part, la garantie formelle que je serai, moi, le patron absolu de l'ensemble. Cela doit être inscrit dans le marbre, c'est-à-dire noir sur blanc… même si, bien entendu, cet aspect des choses doit rester parfaitement secret. Il n'est pas question pour moi de partager le pouvoir. Le capital, oui. Pas le pouvoir. Nous mettrons en place une présidence bicéphale, franco-allemande, mais la direction opérationnelle, c'est moi, et moi seul, qui l'exercerai.

Puis, pensivement :

— On verra plus tard à faire des… opérations qui nous permettent de racheter à prix convenables des actions et à nous assurer un meilleur contrôle du capital. Pour le moment, nous allons être des partenaires à parts égales avec ces messieurs. Je pense qu'ils apprécieront le geste que j'accomplis.

— Vous avez des assurances de l'Élysée et de Matignon ?

— Oui, côté Élysée, grâce à Hervé qui, vous le savez, est très proche de Villepin, le secrétaire général de la présidence de la République, j'ai le feu vert. Côté Matignon, le Premier ministre soutient le projet depuis le début, pour casser les ambitions anglaises. Il ne se mêlera pas des conditions de la fusion, j'en ai la certitude. Il a donné tout pouvoir au ministre des Finances pour travailler avec nous, puisque l'État gardera une part minime. Et puis, n'oubliez pas qu'EURAERO doit être une affaire très fructueuse financièrement et qu'ayant personnellement, et sans partage, la haute main sur l'ensemble, je saurai faire ce qu'il faut pour… remercier les politiques de m'avoir aidé ! Quant à la France, elle n'y perdra rien, soyez-en sûrs ! OK, messieurs. Au travail. Le chemin est tracé. Assurons l'envol d'EURAERO.

14

« HELEN, j'ai beaucoup de bonnes informations pour toi. Je pense qu'après ça, tu vas passer pour la plus grande journaliste spécialiste de l'aéronautique au monde ! »

Loriot plaisantait à peine. Toujours persuadé que la belle Américaine travaillait dans la presse, il avait été ravi d'apprendre que ses chefs avaient décidé de l'envoyer en reportage à Paris, pour suivre les développements en cours. Les services de John P. Gates avaient été d'une redoutable efficacité, et *Aviation Espace*, le magazine qu'ils avaient créé pour l'occasion, connaissait un début de notoriété réel, aux États-Unis et même en Europe.

Le grand soleil de printemps pénétrait gaiement dans la chambre où les amants avaient passé la nuit. Helen, que Loriot était allé chercher à Roissy-Charles de Gaulle, s'était étonnée des précautions extraordinaires qu'il avait prises pour s'assurer qu'ils n'étaient pas suivis jusqu'au calme hôtel de grande banlieue où il avait retenu une chambre.

Elle arrivait de Rome, Gates lui ayant recommandé, par prudence, de ne pas prendre un avion direct de Washington à Paris. Elle s'était donc sentie, dès son départ de la capitale américaine, dans une atmosphère de roman d'espionnage. Cela l'avait d'abord amusée, mais se laissant gagner par l'ambiance, elle s'était prise dans l'avion à regarder ses compagnons de voyage sous le nez, comme si elle avait une chance de trouver sur un visage ou un autre les traits « caractéristiques » de l'agent secret chargé de la surveiller. Elle savait que Gates lui avait affecté un ange gardien, un de ces hommes à l'allure parfaitement banale qui excellent dans les filatures. Mais il n'avait pas voulu le lui présenter. L'homme s'était montré d'autant plus discret que sa mission était de rester à bonne distance de la jeune femme pendant le trajet aérien, puis, à Paris, de s'installer tranquillement dans un local de l'ambassade et de n'intervenir qu'en cas de danger ou d'appel retransmis par les services parisiens de la C.I.A..

Helen était en effet équipée d'un matériel GPS de repérage qui lui permettrait de rester en relation constante avec l'Agence. Gates avait préféré dépêcher un agent de Washington, plutôt que de mettre au courant les membres de l'antenne parisienne. Non pas qu'il s'en méfiât, mais l'affaire était d'une telle importance qu'il valait mieux limiter au maximum le nombre des personnes informées. Le maître espion avait une peur maladive, inspirée par des exemples désastreux, des fautes en forme de confidences que la fréquentation trop assidue d'autres services secrets, même de pays alliés, pouvait faire commettre aux agents parisiens. Les fuites les plus dangereuses se produisaient toujours devant un verre, dans quelque café sympathique des boulevards de la capitale française...

Helen n'avait jamais, depuis leur rencontre, posé à Loriot la question de ses attaches familiales. Elle savait qu'il était marié et avait des enfants. Mais il semblait tellement emporté par la passion qu'elle lui inspirait, que rien, apparemment, ne comptait plus pour lui. Rien, sinon son rôle auprès de Jean-Luc Lagardère. Un rôle ? Plutôt un sacerdoce. Du moins, est-ce ainsi qu'Helen le voyait. Dans leurs moments de détente, entre deux étreintes, il se racontait, s'affirmant comme le fils spirituel de Lagardère, capable, mieux que personne, de défendre les intérêts du groupe et de son chef.

Il s'était montré un amant fougueux, imaginatif même, et leurs jeux n'avaient pas déplu à la jeune femme. Bien qu'elle se soit efforcée de conserver à chaque instant, même les plus chauds, sa lucidité, elle-même commençait sérieusement à s'éprendre de ce grand gaillard passionné, étrange mélange de naïveté profonde et de détermination farouche, servie par une intelligence fulgurante.

Helen avait eu, avant de quitter Washington, un dernier entretien avec Gates, et elle avait compris que celui-ci la soupçonnait de nourrir à l'égard de l'homme qu'elle avait pour charge de manipuler des sentiments moins... professionnels. Une ou deux allusions que le maître espion avait faites ne lui avaient laissé aucun doute. Mais il n'avait ajouté aucun commentaire. La femme était jeune, belle, évidemment capable d'emportements, et Loriot, sans être beau, loin de là, pouvait, avec son air perpétuel d'intellectuel égaré en ce bas monde, exercer en effet sur elle un attrait réel. Gates n'y voyait qu'avantage, pourvu que la demoiselle restât capable de remplir sa mission.

Dans leur chambre d'hôtel, en ce beau matin printanier, Helen et Loriot savouraient la douceur du moment. L'atmosphère incitait Loriot à la confidence. « Notre projet avance. Plus vite que je ne l'espérais. Tu vas être satisfaite, toi qui depuis le début considères que le rapprochement avec les Allemands est la condition du succès de l'aéronautique européenne. Tu vois, j'ai même cru un instant que tu y avais personnellement quelque intérêt. »

Helen, un peu inquiète, scruta le visage de son amant. Lui si intelligent, avait-il deviné quelque chose ? Tout à son sujet, il avait déjà enchaîné, en exposant par le menu à sa maîtresse la stratégie d'EURAERO naissante. Il détailla les discussions auxquelles il avait participé, à Matignon notamment avec le Premier ministre. S'excitant à mesure qu'il avançait dans son récit, il s'exclama : « Nous allons réussir. Nous allons faire les plus beaux et les plus grands avions du monde. “Tes” copains de Boeing n'auront qu'à bien se tenir. »

Il s'était levé de leur lit dévasté, et, entièrement nu, marchait de long en large dans la chambre. « Olivier ne décolère pas contre les Allemands. Il se plaint qu'ils lui mettent des bâtons dans les roues sous prétexte de maintenir l'équilibre. Mais moi, je sais que tout passe par eux. C'est toi qui avais raison. »

Il criait presque. Au point qu'Helen s'effrayait. Elle avait lu dans son dossier que Loriot pouvait être pris de crises soudaines qui l'avaient conduit à différentes reprises à suivre des traitements.

« Prenez garde. Cet homme est une sorte de génie, mais il lui arrive de “péter les plombs”, comme disent les Français. » Cet avertissement de Gates lui revenait à la mémoire, en contemplant son amant, en proie à une réelle surexcitation. « Je te donnerai tous les éléments dont tu as besoin pour tes articles, poursuivait-il. Après tout, nous n'avons plus rien à cacher. »

Une idée parut lui traverser l'esprit. « Et puis, tu verras, nous deviendrons tellement forts que nous pourrons faire payer tous ceux qui ont cru pouvoir nous abattre. Nous n'avons rien oublié. JE n'ai rien oublié. Je trouverai le moyen de compromettre les Gonzalves, Alonso et les autres ! Ce ne sera pas pour tout de suite. Mais je nous vengerai ! »

Comme lassé, soudain, il retomba sur le lit. « Embrasse-moi encore et puis je m'en irai. Je suis chargé d'aller voir le secrétaire général de la présidence de la République, Dominique de Villepin, pour le mettre au courant de nos projets. Tu sais que nous sommes très liés. »

Réfléchissant : « D'ailleurs, je me demande si je ne pourrai pas l'utiliser pour la vengeance dont je te parlais… »

En partant, après s'être rapidement habillé, Loriot remit à la jeune femme un téléphone portable ultraplat. « Je l'ai acheté chez toi, aux États-Unis. Utilise-le uniquement pour me joindre. Le numéro est pré-composé. J'ai le même appareil qui t'est entièrement consacré… Dis-moi où tu es descendue à Paris. »

15

LE PRÉSIDENT de la République avait beau affirmer à tous échos que la cohabitation lui paraissait fonctionner de façon satisfaisante, la situation née de son erreur initiale, la dissolution 1997, l'ennuyait profondément. Ce Premier ministre socialiste qu'il allait recevoir dans un instant était décidément insupportable, avec ses grands airs d'Alceste compliqué (« constipé », pensait le chef de l'État qui se plaisait à certaine trivialité dans ses moments d'intimité), toujours prêt à déplorer la méchanceté ou la bêtise des hommes. Chirac en avait assez de devoir lui faire bonne figure. « Mais les choses sont ce qu'elles sont », comme disait le général de Gaulle…

Soliloquant en attendant que l'huissier introduise le premier ministre, le Président aurait préféré se rappeler une phrase de son vrai maître à penser, Georges Pompidou, mais il ne parvenait pas à retrouver quelque chose d'original de celui-ci, qui soit applicable à la situation présente. *Bah, cela ne durera pas éternellement. Le bougre, je le battrai à la présidentielle.*

Ragaillardi par cette pensée, le Président accueillit avec la démonstration habituelle de parfaite amitié le Premier ministre qui lui répondit avec la déférence affectée qui convenait, à son avis, à leurs rapports. Le chef de l'État le pria de s'asseoir à ses côtés, dans les fauteuils disposés devant son bureau. Chirac, imitant Mitterrand, occupait la pièce au premier étage de l'Élysée que le général de Gaulle avait choisie. Valéry Giscard d'Estaing, au contraire, par respect pour son illustre prédécesseur, avait décidé de s'installer dans un bureau d'angle, moins solennel.

« Eh bien, cher ami, de quoi voulez-vous me parler, de façon si urgente ? » Chirac jouait les naïfs. En réalité, il avait été parfaitement informé par ses propres réseaux de l'état des opérations en cours. Il avait dans la place, à un poste très élevé, l'un de ses anciens conseillers quand il était lui-même à Matignon, de 1986 à 1988. Cet homme, Gérard Grignon, avait été chargé auprès de lui des affaires industrielles. En outre, le secrétaire général de l'Élysée, de Villepin, lui avait rendu compte de la visite d'Hervé Loriot, et des renseignements très complets que ce dernier lui avait communiqués.

Le Premier ministre, pas dupe lui non plus, n'ignorait pas que le Président connaissait parfaitement le dossier. Il avait même appris que son interlocuteur avait reçu à différentes reprises, discrètement, Lagardère (« L'art de ne pas mettre tous ses œufs dans le même panier », avait-il simplement commenté quand son directeur de cabinet lui avait lu une note des Renseignements Généraux). Il savait, au surplus, que le Président entretenait de bonnes relations avec le chancelier socialiste Gerhard Schroeder. De toute évidence, leurs conversations récentes avaient porté sur le rapprochement franco-allemand en cours dans l'aéronautique. Le Premier ministre fit cependant un compte rendu précis de ses propres discussions avec les responsables français, d'une part, et avec les Allemands de Daimler Chrysler, de l'autre. « Je crois pouvoir vous dire, monsieur le Président, que les choses sont en bonne voie. La naissance d'EURAERO – c'est le nom que Lagardère a choisi, sur le conseil de Georges Olivier, que vous connaissez naturellement – est imminente. »

Chirac opina, sans commenter. Un peu gêné par le silence du chef de l'État, le Premier ministre s'empressa d'ajouter :

— Je peux vous garantir, monsieur le Président, que les intérêts de la France seront préservés.

— Même si les Allemands entrent en force dans le capital de la nouvelle société ?

— C'est le prix à payer pour qu'EURAERO prenne réellement une dimension européenne et puisse rivaliser durablement avec Boeing.

— En êtes-vous sûr ? Le Président jouait les sceptiques. J'aime beaucoup nos voisins d'outre-Rhin, mais j'en mesure aussi l'appétit économique. Vous rendez-vous bien compte que nous allons donner à l'Allemagne la possibilité de sortir de la situation dans laquelle la guerre l'a plongée, et lui permettre de recoller au peloton des nations les plus avancées en matière de technologie scientifique ? Vous savez que l'aéronautique et l'espace sont les domaines privilégiés de tels progrès.

Le Premier ministre s'offusqua presque.

— Monsieur le Président, je ne peux pas vous laisser sous-entendre que je fais le jeu des Allemands, au détriment de nos intérêts nationaux. Au surplus, Lagardère, en qui nous avons tous les deux confiance, reste le maître de l'opération.

— Loin de moi cette pensée, monsieur le Premier ministre. Simplement, je vous mets en garde. C'est mon rôle de chef d'État, responsable des Armées… Et puis, n'oubliez pas qu'il y a dans cette affaire beaucoup d'argent qui va couler. D'après mes estimations, EURAERO vaudra quelque vingt milliards d'euros…

Son visiteur le regarda par-dessous. Que voulait dire au juste le chef de l'État ? Était-il en train de demander une part du gâteau ? Le Président lut dans ses pensées : « Je vous dis cela comme une simple constatation. Il faudra veiller à ce que cet argent soit bien employé. »

Le Premier ministre se permit un petit sourire. Chirac fit comme s'il ne l'avait pas vu.

L'entretien était terminé. Les deux hommes n'avaient plus rien à se dire, conscients l'un et l'autre qu'ils se surveilleraient mutuellement.

« Ah, une chose, pendant que vous êtes là. Je tiens beaucoup à ce que Gérard Grignon occupe une place importante dans le nouveau dispositif. Dites-le, s'il vous plaît, de ma part, à Jean-Luc Lagardère. »

Le Premier ministre parti, Chirac appela sa secrétaire. « Faites venir Villepin. » Le secrétaire général de l'Élysée n'avait que quelques mètres à faire.

« Dominique, Jospin sort d'ici. Je souhaite que vous soyez très vigilant dans cette affaire. Je sais que vous avez un bon informateur en la personne de ce Loriot. Mais moi, je ne l'aime pas trop. Intuitivement. C'est le genre d'homme qui peut vous donner un coup de pied en vache. Donc, soyez prudent… Et veillez à nos intérêts. »

16

L'ÉGLISE Saint-François-Xavier, en plein septième arrondissement de Paris, ne respire pas précisément la pauvreté apostolique. Tout ce que la capitale française compte de têtes plus ou moins couronnées, au moins par l'argent, y a célébré dignement, parfois somptueusement, les événements heureux ou malheureux de la vie quotidienne.

En ce matin frisquet de mars 2003, l'église, pourtant vaste, ne parvient pas à contenir la foule qui se presse. Une foule où l'on reconnaît des hommes politiques – à peu près tout le gouvernement est là – mais aussi des artistes, des écrivains, des journalistes en grand nombre. Des généraux aussi, de haut niveau – il y a surtout des quatre et cinq étoiles –, et d'autres personnages moins connus ou moins reconnaissables, mais que les huissiers de noir vêtus, employés de la société de pompes funèbres, traitent avec une considération qui ne laisse planer aucun doute sur leur qualité. En fait, c'est tout l'appareil politico-militaro-industriel français qui est réuni.

Le bon peuple, dehors, se fait de plus en plus nombreux, sous les platanes de la petite place, au bord du boulevard des Invalides, écarté du parvis par les grilles qui ne laissent passer que les invités. Des exclamations fusent : un célèbre présentateur de journal télévisé vient d'apparaître. Un bedeau empressé l'aperçoit et l'invite à monter dans l'église jusqu'aux premiers rangs. Un murmure court la foule quand, arrivé parmi les derniers comme il convient à son rang, un ancien président de la République, accompagné de sa femme, descend d'une limousine noire. Son chef de cabinet, qui l'attend depuis un moment, lui ouvre le chemin jusqu'au chœur où sa place est réservée. Son successeur à l'Élysée n'est pas là, mais il est représenté par son épouse. Le Premier ministre – nommé un an auparavant, lors du retour de la droite au pouvoir à l'issue des élections législatives –, un petit homme râblé, aux curieuses épaules tombantes, habillé d'un complet noir mal coupé, est assis au premier rang, à côté d'une femme en grand deuil, remarquable par sa chevelure flamboyante.

La cérémonie des obsèques solennelles va pouvoir commencer. Couvert du drapeau tricolore, frappé des insignes de commandeur de la Légion d'honneur, le cercueil que le prêtre va bénir est celui de Jean-Luc Lagardère. De l'homme que beaucoup considéraient comme le plus puissant de France, et même d'Europe. La femme est sa deuxième épouse, une Sud-Américaine fameuse pour ses excentricités.

Helen Mac Cready, grâce au carton d'invitation que lui a procuré Loriot, a réussi à se faufiler tout en avant de la nef, sur le flanc du maître-autel. Elle a trouvé une place, le long d'un pilier, qui lui assure une vue excellente sur l'ensemble de l'assistance. Pas question de s'asseoir, naturellement, et la cérémonie promet d'être longue. La jeune femme n'en a cure. Elle est trop occupée à contempler ces hommes et ces femmes qui constituent le gratin de la société économique française. Elle regrette seulement que Loriot, placé, lui, au milieu des proches du défunt, ne soit pas à ses côtés pour lui nommer les célébrités présentes. Elle en reconnaît pourtant certaines, que ces trois dernières années, marquées par ses fréquents allers et retours entre les États-Unis et la France, lui ont permis de rencontrer, dans le sillage de son amant.

Les souvenirs l'assaillent, en cet instant où, elle le sait, quelque chose se termine avec la mort du grand industriel français. Celui que, par le truchement d'un Loriot amoureux inconscient, elle s'est efforcée de manipuler, en application du plan concocté par John P. Gates, le maître espion de la C.I.A.

Il s'en est passé des choses, depuis trois ans. C'est-à-dire, pour elle, depuis la création d'EURAERO, et la montée en puissance de JetAir. Sur sa lancée, la nouvelle société avait accumulé les succès, justifiant les craintes exprimées aux États-Unis par les plus hauts responsables. Gates, convoqué à différentes reprises au Département d'État, avait expliqué que cette évolution était normale et que les mesures qu'il avait prises, sous l'appellation générale de « Back to the leadership » ne pouvaient avoir d'effet qu'à moyen terme. On n'arrête pas une machine de cette taille, et de ce dynamisme, d'un coup de baguette magique, et l'on ne récupère pas, soudain, parce ce qu'on l'a décidé, la prééminence dans ces domaines de haute technologie.

Il avait montré, au contraire, que le développement de JetAir, dans cette phase de lancement de sa propre opération, servait les intérêts américains, pourvu que le ver qu'il était chargé d'introduire dans le fruit y ait trouvé sa place. Ce qui était le cas avec le rôle de plus en plus important joué par les Allemands dans EURAERO. Les résultats viendraient par la suite, quand tout serait prêt. Le plan s'appliquait avec exactitude, il fallait seulement savoir donner du temps au temps, comme disait un ancien président français. Gates professait que la patience est la principale vertu des bons agents secrets…

Le changement de gouvernement intervenu en France en 2002, avec le retour annoncé de la droite au pouvoir, n'avait en rien modifié le panorama de la construction aéronautique. Jean-Luc Lagardère avait su composer avec la gauche quand celle-ci gouvernait. Il avait même constaté que le Premier ministre socialiste lui faisait une confiance aveugle – les libéralités publicitaires et les complaisances journalistiques de Hachette y étaient pour quelque chose. Avec la droite revenue, il retrouvait lui-même ses inclinations naturelles et ses nombreuses amitiés dans les milieux gouvernementaux. En un mot, Lagardère se baladait littéralement. Sa toute-puissance avait de quoi, cependant, inquiéter les responsables du plan « Back to the leadership ». D'autant que, depuis le lancement de l'opération, les prédictions les plus pessimistes s'étaient trouvées justifiées : depuis 2003, les ventes de JetAir dépassaient sérieusement celles de Boeing. « Il ne faudrait pas que la grenouille devienne si grosse, et si forte, qu'on ne puisse plus la faire entrer dans une bassine, même d'eau froide », avait dit Gates, en souriant, à Helen. Ajoutant : « Vous voyez que votre mission est loin d'être finie. »

En regardant la foule des invités à la cérémonie funèbre défiler devant le cercueil, pour le saluer, les uns d'un signe de croix, les autres d'une simple inclinaison de tête, la jeune femme se rappelait ce que lui avait raconté un de ses « confrères » français – sa propre couverture résistait décidément très bien, et d'ailleurs elle-même, entrant parfaitement dans le rôle, se prenait vraiment pour une journaliste de l'aéronautique, capable de soutenir de longues conversations sur le sujet.

Ce « confrère », journaliste de province en poste à Paris, grand amateur de tennis, avait disputé un match au stade Jean-Bouin, à la porte de Saint-Cloud, quelques jours avant que l'on apprenne que Lagardère était entré en clinique. Sur le court voisin, sous la bulle verte couvrant les terrains, l'industriel était en train d'en découdre avec le responsable français de l'aide aux entreprises exportatrices. Rien de surprenant, d'ailleurs, puisque Lagardère venait régulièrement jouer à Jean-Bouin, et qu'il avait généralement pour partenaire le responsable en question.

« Je peux t'assurer qu'il était en pleine forme physique. Une forme assez remarquable pour un homme de soixante-quinze ans… Après le match, je l'ai revu au vestiaire, dans les sous-sols du stade. Nous avons bavardé. Il m'a invité à venir le voir à son bureau de l'Étoile. Mais cela ne pourra plus se faire… »

Le journaliste n'avait pas caché à Helen la tristesse et la stupéfaction qui avaient été les siennes en apprenant que Lagardère était mort. « Il m'avait dit, effectivement, qu'il souffrait d'une gêne à la hanche, et qu'il allait subir une intervention, pour corriger ce défaut qui l'empêchait d'aussi bien jouer au tennis que par le passé. »

Les employés des pompes funèbres chargeaient le cercueil sur leurs épaules. Un cortège se formait derrière eux, pour conduire la dépouille de Lagardère jusqu'au fourgon corbillard bleu nuit garé devant le porche de l'église, à l'intérieur de l'espace délimité par les grilles. Puis la longue voiture, submergée par les couronnes de fleurs amoncelées, prenait le boulevard des Invalides pour gagner la sortie de Paris. L'industriel avait demandé à être enterré dans son haras de Normandie, où il avait fait construire sa tombe des années auparavant.

Des groupes d'invités demeurèrent un long moment sur le parvis. Un homme au visage mince, aux longs cheveux « intellectuels », vêtu d'un complet sombre sur une chemise blanche immaculée ouverte sur un jabot de dentelle, était le centre de l'attention. Helen, qui avait fini par s'extraire elle aussi de la nef, malgré la bousculade, reconnut le célèbre « nouveau philosophe », dont Loriot lui avait souvent parlé. Sans trop de gentillesse, d'ailleurs. Visiblement, le personnage l'énervait par sa suffisance et sa façon de considérer ses semblables du haut de sa morgue. Mais Lagardère l'appréciait, et c'est lui que la famille avait choisi pour prononcer l'éloge funèbre, tout à l'heure, au micro placé dans le chœur.

Helen s'approcha et tendit l'oreille. Elle n'avait pas particulièrement apprécié le discours du « philosophe », trop pompeux dans la louange, même de rigueur en ces circonstances. Un discours qui correspondait bien à l'image qu'elle s'était faite du personnage en écoutant Loriot le décrire. Elle ne fut pas surprise d'entendre les propos admiratifs de quelques jeunes dames, s'extasiant devant l'excellence de son discours, mais s'amusa à contempler l'air de fausse modestie que le « philosophe » arborait sous les compliments de sa cour… Elle se sentit tirée par la manche du strict tailleur sombre qu'elle avait mis pour la circonstance. « Il faut, lui soufflait Loriot à l'oreille, que je participe à l'émotion générale. Tous les proches de Lagardère sont en effet conviés à une petite réception au siège du groupe. La succession de Jean-Luc s'annonce particulièrement difficile. Déjà, les appétits se font jour… Bon, je te verrai tout à l'heure, si tu le veux bien, à l'endroit habituel. Disons à 18 heures. »

Ils avaient, en effet, depuis le temps, pris leurs habitudes, et quand ils ne pouvaient se rejoindre pour la nuit dans un hôtel, ils se retrouvaient dans un bistro discret du quartier des banques, le neuvième arrondissement. « Là où tout le monde a intérêt à ne pas se connaître », avait-il dit, en expert… Helen n'était pas bien sûre de la justesse de cette stratégie appliquée, mais elle n'avait pas protesté. Depuis, les barmen, séduits par sa beauté et sa simplicité, étaient devenus de vrais complices.

Quand Loriot la rejoignit, elle mesura tout de suite que le cynisme dont il avait fait preuve le matin n'était qu'une apparence. Il était touché, profondément, par la mort de son « patron », de son ami. Il s'affala auprès d'elle, et se penchant, la serra dans ses bras sans un mot. Mais elle sentit que des larmes coulaient sur son propre cou : « Je ne peux pas croire qu'il soit parti. Pas lui ! Pas Lagardère ! Un homme de cette dimension ! Tu sais que je lui dois tout… » Helen s'efforça de trouver les mots pour le calmer. Elle parla d'un accident stupide.

« Un accident ! Loriot hurlait presque. Tu veux dire un assassinat ! Car moi, je crois que Jean-Luc a été assassiné. » Et, baissant la voix, car aux tables voisines, on commençait à loucher de leur côté : « Oui, répéta-t-il, je sais que Jean-Luc a été assassiné. Tout ce qu'on raconte est faux, inventé pour la circonstance. »

17

LORIOT s'était lancé dans un long exposé sur les raisons qui le poussaient à ne pas croire à la thèse de l'accident absurde.

— Jean-Luc était obsédé par l'idée de la mort. Il estimait en outre que ses ennemis, nombreux, ceux que sa réussite exaspérait, pouvaient avoir envie, un jour, de monter un attentat contre lui. C'est assez dire qu'au moment de se faire opérer de la hanche, il avait pris toutes les précautions possibles. La meilleure clinique – celle du sport –, les meilleurs chirurgiens, les meilleures équipes... Il avait poussé le soin jusqu'à se faire prélever, préalablement, du sang, afin qu'au cas où une transfusion serait nécessaire au cours de l'opération, ce soit son propre sang qu'on lui injecte. C'est d'ailleurs ce qui s'est passé. L'opération terminée, sans problème, il était rentré chez lui. Tout semblait aller bien. Huit jours plus tard, il dîne en famille, avec le couturier Ungaro et Marie-Laure de Villepin, l'épouse du ministre des Affaires étrangères, l'ancien secrétaire général de l'Élysée. Il se plaint d'être fatigué, mais la soirée se termine normalement. Le lendemain matin, il est trouvé allongé sur le sol de sa chambre à coucher, dans le coma.

Il n'a pas eu le temps d'appuyer sur la sonnette qui le reliait directement au commissariat de police. Il est aussitôt transporté à l'hôpital Lariboisière et placé en réanimation. Les médecins parlent d'abord d'une infection virale. Six jours plus tard, il meurt. Cette fois, le diagnostic énoncé par le professeur Payen est « encéphalomyélite aiguë auto-immune ». Cela lui aurait détruit le cerveau.

— Qu'est-ce que cela signifie ? interrogea Helen.

— Je ne suis pas un spécialiste, mais si j'ai bien compris les explications que l'on m'a fournies, Jean-Luc aurait été intoxiqué par son propre sang, celui qu'on lui avait injecté au cours de l'opération. C'est ça, « auto-immune ». Un cas rarissime mais qui, paraît-il, peut se produire. Il arrive, disent les médecins, que le sang ainsi conservé se dégrade et devienne un poison pour l'organisme dont il a été extrait. Ils appellent ça une « inversion ». Dans le cas présent, cela semble invraissemblable. S'agissant de Jean-Luc, comment croire que les médecins n'aient pas envisagé toutes les éventualités, et pris les dispositions correspondantes.

— Alors ?

— Eh bien, ma conviction est qu'il a été assassiné.

Loriot décrit alors avec force détails l'attentat que la mafia russe, née de la fin de l'URSS, et détenant en fait le pouvoir économique à Moscou, aurait perpétré contre Lagardère, avec la complicité active de quelques importants hommes d'affaires français, et l'approbation tacite des Américains.

« Qu'est-ce qui te fait croire cela ? » Helen ouvrait de grands yeux. Elle savait bien, évidemment, que son pays avait monté une opération destinée, à terme, à déstabiliser les entreprises de Lagardère, mais de là à se rendre indirectement complice d'un meurtre…

« Ma chère, il faut que tu saches que les Russes peuvent se montrer expéditifs. Ils n'ont pas les mêmes scrupules que tes amis. La technique que leurs services secrets emploient est bien connue : ils s'arrangent pour que soit introduit un staphylocoque dans le sang de celui qu'ils veulent éliminer... Il y a pour cela les « Spetsnatz », unités pour des missions spécifiques, créées au sein de l'Armée rouge au temps de la guerre froide. Ils ont, par exemple, à leur actif l'assassinat du président afghan Amin, en 1979. Des spécialistes... Donc, poursuivit Loriot, Lagardère représentait aux yeux des Russes un obstacle formidable pour la réalisation de leurs desseins. Ils ont en effet décidé de refaire de leur pays un grand de l'aéronautique. Pour y parvenir, ils multiplient les *joint-ventures* avec les Américains, notamment pour les lanceurs de satellites. Leur but est de partager le marché de l'armement avec les États-Unis. Il leur faut, au passage, réduire les prétentions de l'Europe, et de la France en particulier. Et Jean-Luc était un obstacle incontournable. Il s'était en particulier opposé à leur entrée dans le capital de ses sociétés. Une opération qu'ils souhaitaient réaliser d'ailleurs avec l'aide de certains Français que je connais bien... Le faire disparaître, c'était faire sauter cet obstacle, car tout le monde savait bien que sans lui, l'ensemble constitué dans et autour d'EURAERO ne garderait plus longtemps sa cohérence. N'oublie pas, toi la spécialiste de l'aéronautique, que tout passe par EURAERO, toute la recherche atomique française, civile ou militaire, depuis le CEA jusqu'aux fusées du plateau d'Albion... »

Loriot était redevenu véhément. Helen, un peu effrayée, tenta de le calmer.

— Ce que tu me dis ne sont que des suppositions. Et puis, pourquoi « mes » Américains, comme tu dis, seraient-ils de mèche avec les Russes ?

— Conjonction d'intérêts au niveau mondial. Ne sais-tu pas que « tes » Américains appliquent tranquillement le « Flexible Military System », qui est leur façon de prendre les marchés en faisant de la surenchère à la baisse sur les prix, partout où un client acheteur d'armes ou de technologie se présente ? Réalistes, ils voient la remontée en puissance de la Russie, qu'ils ne peuvent contrôler, mais qui peut être un frein aux ambitions de la Chine, par exemple. Et ils sont prêts à une sorte de Yalta d'un nouveau genre. Tu vois, je ne suis pas dupe. Je les ai assez pratiqués depuis mes études.... !

— Et ces hommes d'affaires français, complices, si je t'ai bien suivi, de la mafia russe ?

— Ce sont les mêmes qui, il y a quelques années, se sont battus contre Lagardère pour obtenir des contrats d'armement avec Taïwan. Je te répète que ceux-là ne perdent rien pour attendre.

En l'écoutant, Helen se disait que Loriot était peut-être en train de bâtir un roman, comme il en avait la réputation. S'agissant au moins du rôle joué par les Américains, ce qu'elle savait de la C.I.A. donnait quelque vraisemblance au scénario échafaudé par son amant. Elle se promit d'en parler à Gates.

18

La convocation au Département d'État ne l'avait pas surpris. La mort de Lagardère était un événement suffisamment important pour que les responsables, qui avaient chargé le maître espion de déstabiliser les fabricants de JetAir, veuillent entendre la version de celui-ci. John P. Gates fut donc introduit auprès de son « correspondant », James Callaghan, qui l'attaqua d'entrée : « Vous êtes pour quelque chose dans cette disparition ? »

Gates se permit de sourire. Il choisit de ne pas répondre directement.

— Donc, vous ne croyez pas, vous non plus, à la thèse de l'accident… Pourtant, les Français nous assurent qu'elle est vraie.

— Je sais, l'ambassadeur de France a tenu à en informer officiellement notre gouvernement. Démarche au demeurant assez curieuse, comme si les Français voulaient nous faire passer un message. Avec eux, on ne peut jamais être fixé. C'est vous que je veux entendre.

Gates cala sa corpulence dans le fauteuil qu'on lui avait approché. « Pour répondre à votre interrogation, non, nous n'y sommes pour rien. S'il ne s'agit pas d'un accident, ce dont personnellement je doute, il faut probablement chercher ailleurs. »

Curieusement, son interlocuteur ne lui posa pas la question qu'il attendait : quel ailleurs ? Il décida donc de ne pas en dire plus sur ce point et d'enchaîner après un petit moment de silence : « L'important, monsieur, c'est que cette mort ne nous dérange pas. Pardonnez mon cynisme, mais la personnalité de Lagardère était pour nous un vrai problème. Il restait profondément français, se réclamant du général de Gaulle quand il bâtissait son empire industriel. Or c'est bien toute l'œuvre de de Gaulle en matière d'indépendance, française et européenne, c'est toute la construction qu'il a voulue en matière de défense et d'aéronautique civile et militaire qui représente pour nous le principal obstacle à notre leadership mondial. Ce leadership que JetAir a fini par contester. Nous avons entrepris, vous le savez, depuis maintenant plusieurs années, de mettre en application un plan qui doit nous permettre de retrouver cette suprématie. Les Allemands nous y aident bien, parfois sans trop s'en rendre compte, au moins au niveau de leur gouvernement. Toutefois, la mort de Lagardère représente un point positif : elle va nous faire gagner des mois, peut-être des années. »

Devançant l'objection que son interlocuteur n'allait pas manquer de faire :

— Il avait certes une équipe derrière lui. Ceux que l'on appelle les *Lagardère's boys*. Des gens souvent remarquables. Mais personne qui ait son charisme, son autorité, sa capacité à tenir tous les fils dans sa main. Son fils ne cache pas, d'ailleurs, qu'il n'est pas spécialement attaché à la construction aéronautique. Il s'intéresse plutôt aux médias et aux sports… Je vous annonce que la bagarre entre les « héritiers » risque d'être sanglante. Il s'agira d'en profiter.

— En somme, le terrain s'est libéré pour que nos amis allemands s'imposent de plus en plus à la tête d'EURAERO ?

— Oui, dit simplement Gates, qui ne cacha pas la surprise que l'aveuglement des Français, y compris quand Lagardère était là, provoquait chez lui.

— La mort de l'industriel a réveillé les appétits de nos amis germaniques. Lagardère les tenait en lisière, grâce à l'accord secret qu'il avait passé avec eux, en leur accordant une plus grande part du capital d'EURAERO qu'ils ne pouvaient revendiquer. Depuis son décès, le comportement des Allemands, toutes les actions qu'ils ont menées, et qu'ils continuent à mener pour attirer le plus possible d'emplois de haute qualification dans les établissements outre-Rhin, leurs exigences de tous ordres, s'agissant en particulier des sous-traitants, auraient dû, depuis longtemps, inquiéter les responsables français, y compris au niveau politique. L'Amérique ne va pas s'en plaindre.

L'espion crut bon d'ajouter : « J'ai félicité nos agents engagés dans l'opération et, en particulier, Helen Mac Cready qui fait un travail remarquable à Paris. »

Il ne donna pas de détails sur les méthodes employées par son agent. Il soupçonnait d'ailleurs son vis-à-vis d'avoir quelque idée sur ce sujet. Les rapports qu'envoyait Helen, et que Gates transmettait de façon confidentielle au Département d'État, parlaient trop souvent de Loriot pour que des doutes ne naissent pas à leur lecture.

« Grâce à elle, nous manipulons le responsable des études devenu vice-président d'EURAERO assez facilement. Il croit tellement maîtriser toutes les astuces du renseignement qu'il en oublie de voir ce qui est devant sa porte. Ou dans son lit… En revanche, nous n'avons que peu de prise sur le président, Georges Olivier, un autre très proche de Lagardère. »

L'homme du Département d'État ne fit pas de commentaire. Gates devait pourtant savoir qu'Olivier n'était pas un ennemi des Américains. Au contraire, il possédait un ranch en Californie, effectuait de très fréquents voyages aux États-Unis, et avait même développé sur place des opérations de capital-risque. Non pas qu'il fût infidèle à Lagardère, mais échaudé par ses rapports avec les Allemands, qu'il n'aimait guère et, ayant le sentiment d'être peu à peu mis sur la touche, il organisait ses propres affaires. Les Américains lui étaient reconnaissants d'avoir mis en route l'énorme contrat portant sur des avions ravitailleurs pour l'US Air Force, devant être construits sous licence JetAir dans une usine aux États-Unis. Ils n'avaient pas hésité à lui faciliter, financièrement, ses propres activités.

Il y a comme cela, pensa Gates, *des Français que les Américains aiment bien, parce qu'ils sont efficaces, et qu'ils ne dédaignent pas de s'afficher ouvertement américanophiles. Olivier n'avait-il pas retrouvé aux États-Unis un autre Français dynamique, en la personne de l'époustouflant Jean-Marie Messier, celui que l'on surnommait en France « Le Maître du monde », engagé lui aussi dans des opérations de fusions-acquisitions ?*

« Oubliez Olivier, enchaîna Callaghan. Il est très bien ici. Par contre, je vous trouve bien optimiste à propos de Loriot. Je veux bien croire qu'il mange dans la main de votre Helen. Mais tout ce que nous savons du personnage démontre qu'il est totalement imprévisible. Il me paraîtrait donc sage de trouver un moyen de le rendre inoffensif lui aussi. Et s'il est vrai qu'il est très proche de ce Villepin, le chouchou du président Chirac, devenu ministre, il ne serait peut-être pas mauvais de faire d'une pierre deux coups. Si vous pouviez affaiblir le gouvernement français, par ricochet, en traitant le cas Loriot, vous auriez bien mérité votre réputation de "maître espion". »

19

LE PRÉSIDENT français raccompagna le Premier ministre libanais, qu'il tenait en grande estime, jusqu'au perron de l'Élysée. Il entretenait ainsi des amitiés arabes que beaucoup en France lui reprochaient, dans la mesure où elles déséquilibraient la politique étrangère française au Moyen-Orient au détriment d'Israël. Ses relations anciennes, avec le dictateur irakien en particulier, lui avaient été souvent reprochées. La suite avait donné raison à ses adversaires…

Plongé dans ses pensées, il remonta l'escalier menant au premier étage où se trouvait son bureau, dédaignant l'ascenseur que l'un de ses prédécesseurs avait fait installer : un peu d'exercice physique ne lui faisait pas de mal, assouplissant en outre cette hanche, blessée lors d'un grave accident des années plus tôt, qui continuait à le faire souffrir. Lui toujours si courtois avec les huissiers ne répondit même pas au salut qu'ils lui adressèrent. « Le patron a des soucis », commentèrent ces derniers.

Un souci, mais important, en cette deuxième année de son second mandat, tracassait en effet Jacques Chirac : comment fallait-il réagir à la mort de Jean-Luc Lagardère ?

Dans les derniers temps, le Président avait eu la désagréable impression que l'affaire EURAERO lui échappait. Lagardère était son ami, mais il manifestait de plus en plus un prurit d'indépendance à l'égard du pouvoir politique. Plus ennuyeux peut-être, il avait laissé s'installer en force les Allemands dans les instances de direction de la société. Certes, il les contrôlait personnellement. Il avait mis en place, avant sa mort, un tandem constitué d'Olivier et de son fils Arnaud. Ces derniers sauraient-ils résister aux forces centrifuges qui n'allaient pas manquer de s'exercer sur le groupe ? D'ailleurs, soliloquait Chirac, était-il de son intérêt à lui que ces deux hommes réussissent à s'imposer ? Il avait dans la place un ami très sûr, Noël Grignon, président de JetAir, filiale d'EURAERO, contributeur essentiel aux succès du groupe. Sans JetAir, EURAERO n'existerait pas... Mais Grignon et Olivier se détestent.

Le Président décida de s'entretenir de la situation avec le Premier ministre Jean-Pierre Raffarin et avec le ministre de la Défense, Michèle Alliot-Marie. (Bien qu'il s'agisse d'une femme, fidèle aux règles apprises dans son enfance, et que de prétendus « modernes » voulaient balayer, Chirac continuait à parler « du » ministre, pas de « la » ministre.) Les deux éminences furent convoquées discrètement à l'Élysée. On leur avait recommandé pour l'occasion de ne pas emprunter l'entrée principale, rue du Faubourg Saint Honoré, soumise à une surveillance permanente des journalistes et autres curieux de profession, et de passer par la rue de l'Élysée, sur le côté du palais présidentiel, qui est interdite à la circulation non officielle.

Tous deux insistèrent d'emblée sur l'importance de maintenir la cohérence du groupe EURAERO. Cependant, ils émirent des doutes quant à la capacité du tandem Olivier-Arnaud Lagardère à le faire.

Chirac avança alors son pion. Il avait pris sa résolution : « Ne croyez-vous pas qu'en tant qu'actionnaire d'EURAERO, la France ne devrait pas proposer que Gérard Grignon soit nommé à la présidence française du groupe ? Après tout, c'est lui qui assure la quasi-totalité de ses recettes. Ce n'est pas à vous, monsieur le Premier ministre, que j'apprendrai ce que JetAir représente pour la balance commerciale de notre pays. »

Raffarin opina. Une petite lueur apparut dans son regard, que surprit le Président. *Toi, mon ami,* pensa celui-ci, *tu es en train de te dire que mon intérêt pour EURAERO n'est pas seulement soulevé par des motifs d'ordre national. Nous savons tous deux qu'il y a énormément d'argent qui circule dans et autour du groupe, et que cet argent n'est pas toujours entièrement destiné à l'investissement dans l'industrie aéronautique...*

Un ange passa, porteur d'une valise de billets... Le Président reprenait : « Vous savez que je connais très bien Gérard Grignon. Il fut conseiller industriel à mon cabinet, et c'est un homme que je tiens en haute estime. Il a toutes les qualités, morales et professionnelles, pour occuper la place qui est actuellement celle d'Olivier. »

Ce fut au tour du ministre de la Défense de tiquer.

— Professionnelles, sans doute, monsieur le Président. Je me suis laissé dire cependant que Grignon n'avait pas la solidité requise à ce poste très exposé.

— Je ne sais pas d'où vous tenez ces informations, ni ce qui dans la carrière de Grignon vous permet de porter un jugement négatif. Moi, je le connais bien. Avec ses défauts, mais surtout avec ses qualités. Je pense donc toujours qu'il est temps que l'État se comporte en actionnaire conscient et responsable, ce qui n'a pas pu être le cas quand Jean-Luc Lagardère était aux commandes. Je vous demande d'examiner les moyens de remplacer Olivier par Grignon, et, d'une manière générale, de voir si les hommes de Lagardère – si je ne m'abuse, on les appelle dans le métier les *Lagardère's boys* – doivent conserver les postes qu'ils occupaient jusqu'ici ».

Et, jouant les ingénus, Chirac d'ajouter :

« Des postes très, très bien payés, m'a-t- on dit… Je crois comprendre qu'au moment de la prise de contrôle, dans les conditions que l'on sait, de JetAir, Jean-Luc Lagardère n'a pas lésiné sur les salaires de ses collaborateurs. Pour les remercier, évidemment… ».

Le Président marqua un silence plein de sous-entendus.

« Bien, conclut-il, à vous de jouer. Évitez d'en parler à Dominique de Villepin. Je l'aime beaucoup, vous le savez, mais je trouve qu'il est trop lié à Hervé Loriot, qui est de son côté un intime de Georges Olivier. Villepin m'a dit qu'il avait l'intention d'élever Loriot au grade d'officier dans l'Ordre national du Mérite… Que cela ne vous arrête pas. »

L'entretien était terminé. L'élimination des *Lagardère's boys* allait effectivement commencer. Ce que le Président ignorait, c'est qu'elle s'effectuerait au détriment des intérêts français…

20

En quittant le bureau présidentiel, et en suivant les couloirs intérieurs du palais pour rejoindre discrètement sa voiture garée dans la cour donnant sur la rue de l'Élysée – le Premier ministre était resté avec le Président –, Madame le ministre de la Défense se sentait prise de remords. Elle n'avait pas osé parler du rapport que le Secrétariat Général de la Défense Nationale -le SGDN- venait, le matin même, de lui faire parvenir. Elle l'avait là, sous le bras, car elle avait eu l'intention de l'évoquer au cours de l'entretien qui venait de se terminer. Au dernier moment, elle y avait renoncé, tant son contenu lui avait soudain paru énorme. À la limite de l'invraisemblance. Elle s'était dit qu'il lui fallait au minimum convoquer l'auteur de ce rapport, le célèbre Jean-Paul Laffitte, pour obtenir de celui-ci des précisions, ou plutôt des confirmations. En fait de précisions, jamais elle n'avait été aussi bien servie.

C'était, en effet, de la dynamite. Avec le souci du détail et la sécheresse dans l'exposé qui caractérisaient le Haut responsable de l'Intelligence économique au SGDN, c'est un formidable complot qui était révélé, un complot contre la France et ses intérêts économiques fondamentaux. Une incroyable machine de guerre montée par les Américains – ou certains Américains, l'auteur du rapport prenait des précautions – destinée, avec la complicité des Allemands – ou de certains Allemands – à redonner à la construction aéronautique des États-Unis sa suprématie, battue en brèche par les succès de JetAir.

Le rapport, commandé du temps des socialistes, était le fruit de plusieurs années de travail, d'enquêtes discrètes, de minutieux recoupements. Il décrivait par le menu le schéma imaginé par la C.I.A., clairement désignée dans le texte. Jean-Paul Laffitte émettait même l'hypothèse que l'auteur de cette fantastique opération de déstabilisation d'EURAERO était le fameux John P. Gates, qu'il avait eu souvent l'occasion de rencontrer au cours de toutes ses années d'« Intelligence économique », le nom poli de l'espionnage industriel.

21

Le Haut responsable chargé de l'Intelligence économique n'avait pas eu à effectuer un long trajet pour se rendre du siège du Secrétariat Général de la Défense Nationale, situé dans les bâtiments des Invalides – mais pas du côté « public », ou plutôt « touristes » –, jusqu'au ministère de la Défense, rue Saint Dominique, de l'autre côté de l'esplanade. Il avait refusé de s'y faire conduire en voiture, ni même de se faire escorter, en dépit de la remarque courroucée de sa secrétaire, un sémillant sergent de gendarmerie, bien prise dans son uniforme bleu marine, éternellement habitée par la crainte d'un attentat contre son patron. « Vous savez tellement de choses, lui répétait-elle chaque fois qu'il dérogeait aux règles de sécurité en vigueur dans ce haut lieu du renseignement "sensible". Je suis sûre qu'il y a bien des gens qui aimeraient vous enlever pour vous faire parler. »

Jean-Paul Laffitte n'en avait cure. Il n'ignorait pas, pourtant, que certains de ses supérieurs partageaient l'inquiétude du sergent. Toutes ces précautions l'ennuyaient profondément. Il se moquait ouvertement des dispositions prises pour assurer la garde des bâtiments, et s'irritait de l'air guerrier des gendarmes placés devant l'entrée, sur l'avenue La Tour-Maubourg, en tenue de combat et gilets pare-balles, le pistolet-mitrailleur pointé, chargeur engagé. Il s'amusait de l'obligation faite aux visiteurs de déposer dans un petit coffre, au bas de l'escalier solennel menant aux bureaux, leur téléphone portable, que l'on échangeait simplement contre un badge spécial permettant de franchir les portes.

« Personne, disait-il, ne leur demande s'ils n'en ont pas un deuxième camouflé dans leurs poches... Et il n'y a même pas de portique électronique ! »

La courte marche lui avait fait le plus grand bien. « Je finis par m'ankyloser à trop rester enfermé comme un animal en cage », avait-il dit au général d'aviation en uniforme, une jeune femme très jolie qu'il avait croisée dans le couloir de son bureau. Décidément, les femmes... Couverte de diplômes universitaires, major de sa promotion à l'X, celle-ci occupait déjà, et occuperait plus encore bientôt, un poste important dans l'organigramme du SGDN. Et lui, Laffitte, appréciait que les éléments féminins prennent de plus en plus de place dans la recherche de renseignements française. « Les femmes, avait-il coutume de dire, ont une intuition très supérieure à la nôtre. Oh, je sais bien que ce que je dis est banal. Mais je vous assure que mon expérience personnelle m'a permis de vérifier l'adage. »

Il savait d'ailleurs que ses homologues étrangers partageaient son opinion. Il venait d'en avoir une preuve supplémentaire, quand les informateurs qu'il avait lancés dans l'enquête sur les menées américaines autour d'EURAERO, avaient signalé la présence près, tout près de Loriot, d'une journaliste, ou soi-disant telle, dont tout paraissait indiquer qu'elle appartenait à la C.I.A. Donc, pour cette mission, à l'équipe de Gates.

L'espion – il n'aimait pas qu'on l'appelle ainsi, mais il fallait bien le supporter – fut introduit sans attendre dans le bureau du ministre de la Défense. Chose très curieuse, celle-ci n'était pas flanquée des habituels membres de son cabinet, serviteurs empressés de l'éminence. Empressés et intéressés... Madame Alliot-Marie était seule. Laffitte comprit à quel point sa visite revêtait à ses yeux d'importance. « Dites-moi d'abord qui est au juste ce Gates, dont le rapport que vous m'avez remis fait si grand cas. »

Le spécialiste de l'Intelligence économique fut quelque peu surpris que le ministre n'ait jamais entendu parler d'un personnage quasiment mythique dans les milieux internationaux du renseignement. Peut-être faisait-elle semblant, pour vérifier ses propres connaissances. Il se lança donc dans une description de l'homme et de ses méthodes :

— Si vous le rencontriez, vous ne soupçonneriez pas avoir devant vous celui que tout le « métier » considère comme le plus grand spécialiste au monde. J'ai eu la chance – oui, c'est une chance – de le croiser à différentes reprises sur des « coups » plus ou moins communs entre nos services, quand j'étais moi-même au Service Action du SDECE, qui n'était pas encore la DGSE. Il ne paye vraiment pas de mine. Rien qui le fasse remarquer. Taille moyenne, embonpoint, l'air plutôt endormi... Mais un palmarès exceptionnel qui lui a permis de traverser les changements de pouvoir aux États-Unis sans égratignure et, au contraire, de jouir de la confiance des administrations successives. Notre maître à tous... Doué d'une fantastique imagination, au service d'un sens aigu de l'organisation, il peut monter les coups les plus tordus, pourvu que ce soit pour le service de la bannière étoilée. Cet homme est avant tout un patriote fanatique. Vous avouerai-je que je le crois capable d'agir sans être absolument certain d'être couvert par l'autorité politique, s'il a le sentiment que son action est conforme aux intérêts de son pays ?

— Et vis-à-vis de nous ?

— Je crois sans fausse modestie, madame le ministre, qu'il respecte la capacité de nos services. Il y fait appel parfois, notamment pour la chasse aux terroristes. Je crois aussi qu'il pense que les Français en général sont beaucoup trop sûrs d'eux, trop arrogants, si vous voulez, pour être parfaitement fiables. Il utilise d'ailleurs ce travers pour ses propres desseins. Dans l'affaire qui nous préoccupe aujourd'hui, il m'apparaît à la lumière de ce que je vous ai transmis qu'il a longtemps joué sur un certain aveuglement de nos industriels… et de nos politiques.

Madame Alliot Marie sursauta. Elle s'apprêta à relever le propos de Laffitte, mais au dernier moment se retint de le faire. Le haut responsable avait parfaitement vu la mimique du ministre, mais n'entendait rien retirer de ce qu'il venait de dire. Il en rajouta même :

— Oui, madame, je considère que nous avons été gravement inconscients et imprudents. Quand je dis « nous », j'inclus les services auxquels j'appartiens. L'arrogance française est, hélas, un fait. Même aujourd'hui, je ne suis pas absolument certain que vous réussirez à faire croire aux plus hauts responsables que tout ce que contient mon rapport est exact.

— On verra… Mais parlons de ce rapport. Je l'ai lu en détail, et je ne vous demande donc pas de me le présenter à nouveau. Simplement, je veux savoir deux choses :

d'abord, êtes-vous totalement persuadé que les Américains ont délibérément monté une opération de déstabilisation d'EURAERO, et qu'ils utilisent pour cela les ambitions des Allemands ? En second lieu, j'aimerais savoir comment vous vous êtes procuré tous les renseignements qui figurent dans ces pages, notamment les détails sur les relations de Loriot avec la journaliste.

— À la première question, dit Laffitte, je peux répondre par l'affirmative. Les indications données par le rapport ont été vérifiées par mes soins. Vous me connaissez assez pour savoir que je ne vous le dirais pas si ma conviction n'était pas totale. Oui, l'opération qui est entreprise contre la France est énorme. Elle constitue peut-être la plus importante que les services américains aient montée à ce jour, si l'on excepte les manœuvres réalisées pendant la dernière guerre mondiale. Le but, vous l'avez vu, est de permettre à l'Amérique de reconquérir le leadership dans le domaine de la haute technologie, particulièrement dans ses applications aéronautiques et spatiales. Cela va bien au-delà des difficultés commerciales de Boeing et de leurs répercussions sur l'emploi à Seattle. Encore que ce point ne soit pas négligeable. Maintenant, sur votre seconde question, vous me permettrez de rester discret. Non pas que nous ayons quelque chose à cacher, surtout à un ministre la République, responsable au surplus des Armées. Certaines de nos méthodes gagnent à ne pas être connues, même du ministre de la Défense.

Madame Alliot-Marie ne paraissant pas s'offusquer, Laffitte ajouta avec un sourire : « Je vais tout de même vous dire quelque chose qui, je pense, vous amusera. Comme j'avais du mal à obtenir des renseignements précis, tant le secret était bien gardé à Washington, je me suis résolu à passer par un canal que j'utilise parfois, celui de la franc-maçonnerie. Vous savez que la Maçonnerie a pignon sur rue aux États-Unis. Les membres ne se cachent pas, et les temples sont bien visibles. Vous savez aussi que s'il existe plusieurs obédiences en France, des relations se sont établies par-dessus l'Atlantique, qui ignorent ces différences entre le Grand Orient, ou la Grande Loge Nationale Française, cette dernière étant cependant la seule officiellement reconnue internationalement. L'un de ses hauts dignitaires est aussi un grand expert en matière d'Intelligence économique. J'ai fait appel, discrètement, bien sûr, à lui. Il m'a fourni d'excellentes informations, que ses "frères" américains lui avaient communiquées. Il est évident que certains d'entre eux sont membres de la C.I.A. Je ne peux imaginer que Gates ne le sache pas. Apparemment, il ne s'en méfie pas. »

Jean-Paul Laffitte sortit de la mince serviette de cuir qu'il avait apportée une petite feuille quadrillée et, se levant, la déposa sur le bureau du ministre. Celle-ci vit une phrase tapée à la machine : *Vous qui aimez les haricots, trouverez les secrets des grands plats et les clés de ce qu'il restera de l'énigme des plus grands chefs cuisiniers européens et américains.* Sous la phrase, écrite sans doute par la main de Laffitte, cette mention : « Utiliser le nombre d'or ».

Devant l'air interloqué de Madame Alliot-Marie, Laffitte partit d'un grand rire. Reprenant son sérieux, il expliqua : « Il s'agit simplement d'une des méthodes, parmi bien d'autres, que les "frères" américains ont employée pour dissimuler leurs messages. On aime les cachotteries dans la franc-maçonnerie. Cette phrase que j'ai moi-même composée à la va-vite pour vous faire ma petite démonstration n'a aucun intérêt, ni aucun sens, lue sans connaître le code. Maintenant, si vous y appliquez le nombre d'or, comme je l'ai indiqué ici, vous découvrez le vrai sens du message. »

Intrigué, le ministre voulut en savoir plus.

— Oh, c'est très simple. Le nombre d'or, ou divine proportion, est le nombre, connu depuis l'Antiquité, qui a guidé les artistes et architectes depuis la nuit des temps, des Pyramides aux grands monuments gothiques. Mais je ne suis pas là pour vous faire un cours d'ésotérisme ni d'alchimie. Si vous voulez, je vous passerai le livre d'un auteur mystérieux, Fulcanelli, sur les cathédrales... Sachez seulement que le nombre d'or est l'objet d'une révérence absolue chez les Maçons. Or ce nombre est égal à 1,618. Un nombre en effet unique : si vous l'élevez au carré, c'est comme si vous ajoutiez un, soit 2,618. Si vous l'inversez, c'est comme si vous retranchiez un, soit 0,618. Il est le seul, dans toute l'immensité des chiffres, à avoir cette particularité. Bien. Je l'applique à notre petite phrase, et je ne lis que les mots : un, puis six, puis sept, puis quatorze et quinze, puis encore vingt et vingt et un, et enfin vingt-huit. Soit deux fois de suite 1-6-1-8-1-6-1-8. Cela donne : *Vous trouverez les clés de l'énigme des Américains.*

— Si je vous comprends bien, dit Madame Alliot-Marie, tous les messages venus par cette source étaient ainsi codés ?

— En effet. Je ne vous les ai pas apportés, mais je les tiens à votre disposition, si vous le désirez. De telles méthodes peuvent paraître quelque peu simplistes, presque enfantines. Mais l'expérience m'a appris que les choses les plus simples sont parfois les plus efficaces... Toujours est-il que les « frères » américains, magnifiquement renseignés par leurs réseaux, nous ont donné un sérieux coup de main. Naturellement, ils ignoraient que leur quête serait détournée vers nous. Je ne veux pas savoir ce que notre expert leur a dit. Mais la précaution qu'ils ont prise en codant leurs envois est, je crois, une preuve de l'importance qu'ils y accordaient. Du reste, tous les recoupements auxquels j'ai pu procéder par les moyens « classiques » sont venus confirmer ces informations.

Laffitte conclut cette fois avec quelque solennité : « Vous comprenez, madame le ministre, que tout cela doit rester absolument secret. C'est pourquoi, d'ailleurs, j'ai apprécié que vous me receviez sans témoin. »

Laffitte parti, Madame le ministre de la Défense resta un long moment seule, à réfléchir à la conduite à tenir. Elle allait devoir parler du rapport du SGDN au Premier ministre, et au président de la République. N'avaient-ils pas eu eux-mêmes quelque responsabilité dans le déroulement des événements ayant conduit à la situation telle que Laffitte l'avait révélée ?...Comment allaient-ils réagir devant ces preuves ?

« Utiliser le nombre d'or »

1 2 3 4 5 6 7 8 9 10 11 12 13 14 15 16 17
Vous qui aimez les haricots, trouverez les secrets des grands plats et les clés de ce qu'il
1 2 3 4 5 **6 1** 2 3 4 5 6 7 **8 1** 2 3

18 19 20 21 22 23 24 25 26 27 28
restera de l'énigme des plus grands chefs cuisiniers européens et américains.
4 5 **6 1** 2 3 4 5 6 7 **8**

22

« J'AI TROUVÉ ! » Gates s'était levé d'un bond en poussant une sorte de cri. La secrétaire, peu habituée à ce genre de manifestation de la part d'un homme réputé pour sa capacité à se maîtriser et à dissimuler ses sentiments, le regarda avec étonnement. Le maître espion le vit et s'en amusa : « Non, je ne me prends pas pour Archimède. Simplement, je crois avoir compris comment nous pouvions mettre certains personnages en difficulté. »

Polie, la secrétaire ne posa pas de question. Elle savait d'ailleurs que Gates n'y répondrait pas.

Depuis son entretien avec Callaghan, qui l'avait invité à déstabiliser – aussi – ce Loriot, devenu à son insu une pièce maîtresse de la grande opération baptisée officiellement « Back to the leadership », et renommée, de façon plus concrète par Gates, « Frog drowning », ce dernier cherchait le bon moyen d'y parvenir, sans compromettre les résultats déjà obtenus. Il fallait en même temps utiliser les étroites relations d'Hervé Loriot avec l'ancien secrétaire général de l'Élysée, devenu ministre français des Affaires étrangères, Dominique de Villepin, pour apprendre à celui-ci la politesse. Toujours féru de langue française, Gates pensait plutôt : « pour lui rabattre le caquet ».

Comme beaucoup d'Américains, même parmi ceux que la politique de leur Président à l'égard de l'Irak révulsait, l'espion n'avait pas apprécié le ton employé lors de l'Assemblée générale de l'ONU par le ministre français, cette morgue qui suintait de ses propos assassins pour les États-Unis. Que la France ne soit pas d'accord avec la guerre en Irak, rien d'anormal ni de condamnable. Qu'elle ait cru bon de le dire au monde entier en traitant les Américains avec condescendance, comme des petits garçons, des galopins sans passé ni expérience, voilà qui n'était pas admissible. Aussi quand Callaghan lui avait demandé de toucher Villepin en coulant Loriot, Gates s'était promis d'y parvenir.

Ce matin, dans son bureau de la C.I.A., il pensait avoir trouvé. Voilà plusieurs jours qu'il réfléchissait au moyen d'exploiter cette haine qu'éprouvait Loriot pour les anciens adversaires de Jean-Luc Lagardère, notamment les anciens patrons de la société française Thomson. Les rapports d'Helen Mac Cready étaient fort explicites sur ce point précis. Gates comprenait que cette animadversion était désormais l'un des ressorts du patron des études d'EURAERO : son esprit compliqué se saisirait de l'appât qu'on lui tendrait, pourvu qu'il soit suffisamment tordu.

Le maître espion appuya sur l'interphone. « Manfred, voulez-vous venir ? » Il s'agissait de l'un des experts financiers de la C.I.A., ancien chef comptable dans une grande multinationale, reconverti dans l'espionnage après diverses vicissitudes judiciaires dues à un trop vif amour de l'argent. Gates l'avait sorti d'affaires très ennuyeuses, et s'employait maintenant à utiliser ses compétences particulières. L'autre lui était totalement dévoué.

Petit bonhomme noiraud, Manfred Belstein avait effectivement la tête du comptable tel qu'on le montrait autrefois dans les films sur les attaques de banque. On l'aurait bien vu avec des manchettes de lustrine et une casquette à visière enfoncée sur un crâne dégarni. Mais quand il entra dans le bureau de Gates, il était habillé et cravaté comme un gentleman de la City, à Londres. Il ne lui manquait que le melon et le parapluie…

— Manfred, vous connaissez naturellement tous les établissements bancaires européens. Je vous paie d'ailleurs pour cela….J'ai besoin que vous m'indiquiez quelques noms de chambres de compensation, si possible établies en territoire favorable – vous voyez ce que je veux dire – où vous auriez vos petites entrées.

— Pas besoin de réfléchir longtemps, dit l'expert. J'ai ce qu'il vous faut : le groupe European finances, qui est un organisme bancaire suisse très connu et qui présente la double caractéristique d'être très riche et très secret. C'est bien simple, la plupart des grandes fortunes européennes y ont un compte. Je ne dis pas qu'il prospère grâce au blanchiment d'argent, mais beaucoup soupçonnent ses clients de pratiques douteuses, derrière leur apparence de parfaite honorabilité.

— Excellent, dit Gates. Alors, voilà ce que nous allons faire.

L'espion de la C.I.A. exposa alors les grandes lignes du plan qu'il venait de concevoir. Naturellement, tout devrait être précisé dans le détail, mais le scénario général était déjà bâti dans son esprit fertile. L'idée était en vérité simplissime : il suffirait de se procurer des listings des clients de

European finances, de les falsifier en y ajoutant certains noms, parmi lesquels ceux des « ennemis » de Loriot, et de transmettre le tout à celui-ci. Sa haine ferait le reste…

« Il faut que je vous explique que nous avons affaire à un personnage tout à fait singulier, d'une rare intelligence, mais plutôt instable et qui, depuis la mort de son "patron", a décidé de se venger de ceux qu'il soupçonne d'avoir contribué à cette mort, en s'appuyant sur la mafia russe. Non, ajouta-t-il devant la mine étonnée de son interlocuteur, je n'invente rien. C'est bien ainsi que notre personnage raisonne. A-t-il complètement tort ? À vrai dire je n'en sais rien. Mais, paranoïaque ou pas, son comportement ne peut que nous arranger. Bien. À vous de jouer. Apportez-moi ces listings dans les plus brefs délais. »

Pas un instant, Gates ne pensa que Manfred n'y parviendrait pas. Il lui avait donné carte blanche, et mis à sa disposition tous les services de la C.I.A. de l'autre côté de l'Atlantique.

Un mois plus tard, en effet, l'ex-comptable demandait à le voir. « J'ai utilisé un circuit un peu compliqué d'"auditeurs" travaillant pour European finances, puis de "plumitifs" spécialisés, et j'ai ce qu'il vous faut. Naturellement, cela m'a coûté un peu cher. » Gates balaya la remarque. La C.I.A., pour un tel enjeu, n'était pas à quelques milliers de dollars près.

La falsification serait un jeu d'enfant, et le falsificateur était tout trouvé : un informaticien indien, nommé Mittal – sans parenté, du moins Manfred l'affirma-t-il à Gates, avec le célèbre « aciériste » international. L'utilisation de cet informaticien pour transmettre les listings ainsi « corrigés » à Loriot permettrait d'éviter d'avoir recours à Helen Mac

Cready. Non pas qu'il se méfiait de la « journaliste ». Mais il ne voulait pas la mettre dans une situation trop délicate à l'égard d'un homme que, très visiblement, elle s'était mise à aimer. Même si elle continuait de lui cacher la manipulation dont il était l'objet. *Duplicité typiquement féminine*, pensait Gates.

En contemplant les listings encore intacts, l'espion de la C.I.A. essaya d'imaginer ce qu'allait faire Loriot dès qu'il serait en possession de la version « finale », avec les noms de ses ennemis. Il espérait bien que le « vengeur » de Lagardère s'empresserait de les communiquer à la justice française. Il ne pourrait qu'en parler à son ami Villepin. Gates ne perdait pas de vue que dans son collimateur personnel figurait aussi le ministre français des Affaires étrangères qui aimait si peu l'Amérique.

Une idée nouvelle lui traversa l'esprit. Et si, pour couronner le tout, on mettait un peu de sel politique dans cette affaire ? Gates suivait de près la vie publique en France. Il savait l'animosité profonde qui dressait contre le président français et son ministre favori, le probable candidat à l'élection présidentielle, Nicolas Sarkozy. Pourquoi, au passage, ne pas jeter un peu d'huile sur le feu, en faisant de Sarkozy une victime collatérale de l'opération en cours ? À cette perspective, Gates se mit à rire tout seul dans son bureau. La secrétaire, en l'entendant s'esclaffer, passa une tête prudente à la porte. Décidément, elle ne reconnaissait plus son patron, généralement beaucoup moins expansif. Fallait-il que la conduite de l'affaire soit réjouissante !

23

HELEN MAC CREADY commençait vraiment à être inquiète. Revenue à Paris, où Gates l'avait renvoyée en toute hâte, elle avait immédiatement rejoint son amant pour le week-end dans une petite auberge de la vallée de Chevreuse qu'ils avaient découverte ensemble. L'endroit était magnifique, au détour d'une petite route en lacets, la chère excellente – Hervé Loriot était aussi un gourmet – et le personnel particulièrement discret.

Elle n'avait reçu aucune consigne particulière du maître espion de la C.I.A. Celui-ci lui avait simplement dit d'un ton énigmatique : « Allez retrouver votre ami. Il me semble qu'il va avoir besoin de vous. »

Maintenant, allongée en déshabillé vaporeux sur le lit en désordre, elle contemplait Loriot, assis au petit bureau placé devant la fenêtre donnant sur la forêt avoisinante, et appliqué à taper un texte sur l'ordinateur portable qu'elle emportait toujours avec elle. Son profil aigu lui apparaissait dessiné en contre-jour, et comme il ne portait qu'un slip et un tee-shirt, elle apercevait avec attendrissement ses longues jambes maigres et poilues sous la table. *On ne peut vraiment pas dire qu'il est beau, mais il a tant de charme...*

« Je dois écrire une lettre à un juge, s'était-il contenté de lui dire en se levant. Il faut que je le fasse sur ton portable, car je ne veux pas que l'on puisse remonter jusqu'à moi. Les flics sont si habiles aujourd'hui... » Il n'avait pas besoin d'en dire plus. D'ailleurs, Helen ne lui posa pas de question. Elle avait compris que la lettre serait anonyme.

La rédaction de la missive paraissait ardue. Loriot, d'habitude si précis et si rapide, avait visiblement quelque difficulté à choisir ses mots. Au bout d'un moment, cependant, il se tourna vers sa maîtresse : « Écoute. Voici le début de la lettre :

> *Monsieur le juge,*
> *Je vous écris pour vous informer de l'existence d'un groupe mafieux comprenant au moins deux personnes auxquelles vous vous intéressez et qui commencent à étendre en France des méthodes de corruption et de prédation qui ont tant fait de mal à la Russie dans les années 1990.*

— Qui est ce juge ? interrogea Helen.

— Tu dois en avoir entendu parler, depuis que tu t'intéresses au groupe Lagardère. Il s'appelle Remendet, et il enquête depuis des mois sur cette affaire des armes à destination de Taïwan, des frégates en particulier.

— Oui, je vois vaguement. Pourquoi lui écris-tu, surtout de façon anonyme ?

— Ce que j'ai à dire est trop grave... et trop risqué, y compris pour moi. Mais je suis persuadé qu'un scandale va éclater. J'ai eu communication d'un certain nombre de listings qui viennent d'un grand établissement bancaire de compensation, European finances, en Suisse. Ils prouvent que ceux dont je t'ai parlé, et qui ont voulu abattre financièrement Jean-Luc quand celui-ci était mal en point, ont touché par la suite d'énormes pots-de-vin, les fonds ayant été versés par le patron d'un groupe pétrolier russe. Il s'agit de plus d'un milliard de dollars.

— Je ne comprends pas, glissa Helen.

— Évidemment, tu n'as pas tous les éléments. Je te rappelle que Gonzalves, le président de Thomson, avait voulu entrer dans le capital des sociétés Lagardère avec l'aide de capitaux russes… Son nom est dans les listings, ainsi que celui de son adjoint, Alonso, et, tiens-toi bien, de celui d'un homme que j'ai beaucoup aimé, mais qui a trahi, Georges Leblanc, qui fut pourtant un proche de Lagardère, et qui est maintenant le vice-président de JetAir…

Helen ouvrant de grands yeux, Loriot enchaîna en haussant le ton : « Ce sont ceux-là qui ont assassiné Jean-Luc ! Avec les Russes. Je le sais. Le juge va bien être obligé de prendre ma lettre en considération et d'enquêter sur les comptes de ces messieurs ! Je t'avais dit que je me vengerais et que je vengerais Jean-Luc ! Ces listings m'en donnent l'occasion. »

Puis, se calmant :

— Écoute ce que je dis ensuite :

En 1994, Gonzalves ouvre une série de comptes chez European finances, et attribue plusieurs d'entre eux à des parrains de la nouvelle mafia qui s'est développée après l'effondrement du bloc soviétique.

Je vais même préciser que, sur le milliard versé à Gonzalves, 250 millions sont allés à Leblanc ! Une paille ! L'argent a filé sur des banques exotiques…

— Es-tu sûr de tout cela ? Qui t'a procuré ces fameux listings ? osa demander Helen, qui s'était levée du lit et lisait par-dessus l'épaule de Loriot.

— En quoi cela peut-il t'intéresser ? réagit avec brutalité son amant. Je peux seulement te dire qu'il s'agit d'une source très sûre, un informaticien que je connais, et qui a ses entrées dans les milieux des fonds d'investissement.

Helen sut qu'il ne fallait plus poser de questions. Mais elle comprit pourquoi, depuis le début du week-end, elle ressentait une inquiétude sourde. D'abord, les cachotteries de Gates, la renvoyant à Paris sans consigne précise. Puis l'attitude de Loriot, cette agitation qui ne l'avait pas quitté depuis qu'il était venu la chercher à l'aéroport. Au point, cette nuit, de s'être montré un amant beaucoup moins empressé. Presque distant, malgré le rapprochement des corps. Elle s'était même demandé, au moment de s'endormir, si la froideur de Loriot n'avait pas une explication très simple : aurait-il percé son jeu, deviné qu'elle n'était pas tout à fait ce qu'elle prétendait ?… Elle s'était rassurée, en se disant que, dans ce cas, il aurait refusé de la voir. Ou qu'il lui aurait fait une scène grandiose. Ce qui aurait bien été dans son style…

Enfermée dans la salle de bains, pendant qu'il achevait sa lettre au juge, la « journaliste » eut soudain une véritable illumination. Et si toute cette affaire de comptes bancaires n'était qu'un coup monté par Gates, avec la complicité de cet informaticien dont lui avait parlé Loriot, exploitant la crédulité de celui-ci ?

Se maquillant longuement, elle réfléchit à cette hypothèse. Cela cadrait parfaitement. Bientôt, il n'y eut plus aucun doute dans son esprit. Malgré sa colère, elle se surprit à admirer le machiavélisme de son patron qui avait si bien monté cette entreprise de déstabilisation. Elle lui en voulait de ne pas l'avoir mise au courant, mais elle comprenait qu'il n'avait pas voulu prendre de risque. Une vague de pitié l'envahit alors : si tout cela était effectivement inventé, la vérité finirait bien par apparaître, à savoir que Loriot était un affabulateur. Dans quelle situation se trouverait-il alors ? Que devait-elle faire elle-même ? Pouvait-elle continuer à jouer les journalistes amoureuses d'un des hommes les plus brillants de sa génération ? Ou devait-elle tout lui avouer, au risque de gâcher irrémédiablement sa carrière ? Et de perdre un homme qu'elle avait appris à aimer d'amour ? Il ne lui pardonnerait pas. Elle savait combien la rancune était l'un des ressorts de sa personnalité.

Loriot frappait à la porte de la salle de bains. Il avait cette discrétion des gens bien élevés que l'Américaine appréciait particulièrement chez les Français : jamais il ne se serait permis d'entrer sans y être autorisé.

— J'ai fini la lettre. Il est temps que nous partions. C'est dimanche, mais je dois assister à une réunion importante cet après-midi.

— Tu me l'avais dit. OK, je suis presque prête. Le temps que tu prennes ta douche, et on pourra y aller.

— Pendant que je m'habille, peux-tu me rendre un service ? Voici la clé USB sur laquelle j'ai enregistré la lettre au juge. Je voudrais que tu descendes à la réception et que tu demandes à utiliser l'imprimante de l'hôtel. Ne laisse rien traîner, naturellement !

Helen fut soulagée d'être momentanément distraite de ses graves préoccupations par l'intervention de son amant. Elle se promit de gagner du temps, afin de réfléchir sur la conduite à adopter vis-à-vis de Loriot. Et de demander des explications à Gates.

24

« DITES-MOI, Francis, qu'est-ce que c'est que ce cafouillage à EURAERO ? »

Le président de la République française paraissait courroucé. Le ministre des Finances, un industriel nommé à ce poste pour représenter la « société civile », comme c'était la mode – une mode discutable, au vu des résultats obtenus par les ministres non issus de la haute fonction publique ou de la représentation nationale –, était dans ses petits souliers. Il avait pourtant fait ce qu'il avait pu pour obéir aux consignes que le secrétaire général de l'Élysée lui avait transmises au nom du chef de l'État, en insistant vivement auprès des actionnaires privés de la grande société aéronautique, et notamment auprès du fils de Jean-Luc Lagardère, Arnaud, pour que Gérard Grignon soit nommé à la tête du groupe en remplacement de Georges Olivier.

La chose allait se faire, bien sûr, la pression du gouvernement français étant de plus en plus forte. Mais le ministre était très ennuyé par tout ce qui remontait de l'entreprise. La guerre était carrément déclarée entre deux clans dont les membres étaient pourtant tous issus de l'ancienne société de Lagardère. Le premier était constitué d'Olivier et de

Loriot, à la tête d'EURAERO. Le second l'était de Gérard Grignon et de Georges Leblanc, patrons de JetAir.

« Monsieur le Président, d'après ce que l'on me dit, ces tensions sont en effet lourdement préjudiciables au bon fonctionnement de l'ensemble. Grignon ne pense plus qu'à remplacer Olivier, et il laisse JetAir sans véritable direction. Il fait un lobbying insensé auprès de tous les ministères concernés, et d'abord auprès du mien. Il fait publiquement état de votre soutien. »

Le ministre avait osé cette dernière phrase. Il savait qu'elle ne plairait pas à son interlocuteur, mais il fallait bien qu'il dise les choses crûment. Il vit le Président s'empourprer, mais continua non sans un certain courage. Médiocre ministre, peut-être, mais bon chef d'entreprise, sûrement : il se devait de montrer au chef de l'État les risques que la situation faisait courir à EURAERO.

« Grignon a incontestablement réalisé un travail remarquable à la direction de JetAir. Mais le cafouillage actuel, comme vous l'avez dit, monsieur le Président, est lourdement préjudiciable. Je crains vraiment que le formidable programme qui a été lancé, et qui doit permettre à notre industrie aéronautique de confirmer son avance technologique, le programme du Superliner, le plus gros et le meilleur avion du monde, ne prenne du retard. »

Ce que Francis Mer ne voulait pas dire au Président, ou du moins pas encore, c'étaient les inquiétudes qu'il éprouvait au vu de certains rapports qui lui avaient été remis, et qui faisaient état d'une impressionnante montée en puissance des Allemands et des usines situées outre-Rhin dans les programmes en cours, notamment celui de ce fameux Superliner, le futur gros-porteur vedette de JetAir.

Cependant, des erreurs opérationnelles auraient été commises à Hambourg, où s'effectuaient la plupart des dessins informatiques. Les responsables n'avaient pas vérifié la compatibilité de leurs travaux avec le design général, réalisé à Toulouse. En fait, il apparaissait que Français et Allemands ne travaillaient pas avec le même logiciel, les seconds ayant refusé le système Dassault que les premiers utilisaient. Il pourrait s'ensuivre de lourdes insuffisances dans la chaîne de contrôle de JetAir.

Jacques Chirac n'avait apparemment qu'un seul souci en tête : « Mon cher Francis, voyez ce que vous pouvez faire pour mettre fin à ces cafouillages dans le management de l'entreprise. Et annoncez-moi rapidement que Grignon a été nommé… »

En quittant le Président, le ministre des Finances croisa dans l'antichambre son collègue de la Justice. Les deux hommes ne purent échanger que quelques mots, sans rapport avec les raisons de leur présence respective à l'Élysée. Pourtant, c'est également de sujets économiques que le Garde des Sceaux venait entretenir le chef de l'État.

« Qu'avez-vous donc de si urgent à me communiquer que vous ne pouviez attendre le prochain conseil des ministres ? » Le ton du Président n'était pas amène. Le ministre de la Justice se dit que son collègue des Finances n'avait pas dû lui raconter des choses agréables…

« Je voulais, sans attendre, attirer votre attention sur des bruits qui circulent dans les milieux judiciaires. Des lettres anonymes semblent en être l'objet, qui auraient trait à des malversations financières auxquelles se seraient livrés des chefs d'entreprises de grande notoriété, en liaison peut-être avec des puissances étrangères. »

En prononçant ces mots, Dominique Perben se rendit compte de leur emphase. Il craignit d'être un peu ridicule, et s'empressa d'en atténuer l'effet. « Du moins, est-ce ce que me disent des informateurs extérieurs à la magistrature, mais généralement considérés comme sérieux. »

Le président de la République considéra le grand jeune homme dont il avait fait un Garde des Sceaux, en raison de sa vive intelligence, et aussi de son exceptionnelle fidélité. Pour Chirac, cela comptait... Toutefois, ce que le ministre venait de dire l'ennuyait beaucoup. Il ne pensait pas que l'information sortirait aussi vite. « Écoutez, je vous aime bien, mais j'ai un peu l'impression que vous dérangez le chef de l'État pour bien peu de chose. Revenez me voir quand vous en saurez plus – si du moins il y a quelque chose à savoir. »

Perben parti, penaud, et se jurant qu'on ne l'y reprendrait plus, le Président resta un moment songeur. Puis il appela sa secrétaire particulière.

— Passez-moi Dominique de Villepin, aux Affaires étrangères... Dominique ? Vous êtes sûr qu'on ne peut pas être écoutés ?

— Nous parlons sur une ligne sécurisée, répondit le ministre.

— Bien. Vous m'avez touché un mot l'autre jour de la visite que vous a rendue le juge Remendet. Perben sort d'ici. Il a eu vent de lettres anonymes qui circuleraient dans les milieux judiciaires. Je l'ai renvoyé à ses études juridiques. Je n'aime pas ça... Cette histoire m'inquiète. Vous savez combien je suis sensible à l'air du temps. Je sens des choses. Ce que je sens ici ne me plaît pas. Je voudrais en savoir plus.

— Monsieur le Président, je ne suis pas ministre de l'Intérieur...

— Je sais, je sais. Vous le serez bientôt, puisque mon « ambitieux rival » a décidé de s'exiler à l'UMP.

Chirac n'avait pas besoin d'être plus précis pour désigner sa bête noire, Nicolas Sarkozy, cet ingrat qui avait l'audace, l'impudence plutôt, de prendre la tête du parti que lui, le Président, avait créé...

— En attendant, soyez vigilant et gardez le contact avec ce juge... même si ledit juge ne devrait pas avoir de rapport avec un ministre des Affaires étrangères. De mon côté, je vais faire en sorte que la DST soit mise sur le coup. Discrètement. Je ne veux pas que... votre bientôt prédécesseur à l'Intérieur soit alerté... Alors, que vous a dit précisément Remendet ?

— Eh bien, qu'il allait procéder à toutes les vérifications nécessaires. Il veut savoir si Gonzalves et les autres sont bien titulaires de comptes bancaires en Suisse. Quant à moi, je reste en contact avec mon ami Loriot. Celui-ci d'ailleurs me téléphone trois fois par jour. Il semble étrangement excité par quelque chose.

— Méfiez-vous quand même des liaisons trop dangereuses... En tout cas, essayez de vous informer en détail. Je vous le répète, je sens le coup fourré. Comme toujours, je me dis qu'il y aura peut-être quelque chose à tirer de cette affaire. On verra bien.

25

« OUI, C'EST MOI. » Gates n'avait plus hésité. Il devait la vérité à Helen Mac Cready. À peine rentrée aux États-Unis, sur sa demande urgente, la jeune femme s'était précipitée dans le bureau du maître espion. Le long voyage en avion n'avait pas calmé la colère qui l'habitait, depuis qu'elle avait quitté Loriot, après avoir compris le piège dans lequel celui-ci était tombé. Un moment, elle avait envisagé de tout lui dire, sa fausse identité, le rôle qu'elle avait joué auprès de lui, et maintenant les doutes, plutôt les certitudes qu'elle éprouvait. Elle y avait renoncé, un peu par lâcheté, un peu par honte, un peu aussi par vraie tendresse à l'égard de ce grand naïf, si fier de ses capacités intellectuelles, mais si peu capable de voir ce qui aurait dû pourtant lui crever les yeux. Et maintenant, elle défiait Gates.

Malgré lui impressionné par la véhémence d'Helen, l'espion de la C.I.A. tenta de la raisonner. « Oui, c'est moi qui ai tout organisé. Mais, ma chère, vous ne devriez pas être étonnée. Vous savez depuis le début que nous allions entreprendre de déstabiliser l'entreprise qui fait perdre à la nôtre le leadership mondial dans la construction aéronautique. Déstabiliser l'entreprise, c'est d'abord déstabiliser les hommes qui la dirigent. Grâce à vous, et à d'autres, nous tenons ce Loriot dans le creux de notre main. Et ce n'est pas fini. Ce qu'il a lui-même déclenché, en plongeant spontanément dans le traquenard que nous lui avons tendu, va connaître, j'en suis persuadé, de nouveaux développements. »

Voyant les larmes couler sur les joues de la jeune femme, Gates sortit de sa poche un énorme mouchoir à carreaux (il en avait toute une collection, « cadeaux de mon épouse », avait-il coutume de dire en riant) et le lui tendit. « Ce que je n'avais pas prévu, c'est que vous tomberiez amoureuse de ce garçon... Non, je ne vous en veux pas. C'était à moi de mesurer ce risque. Si je voulais être cynique, j'ajouterais que ce début de passion n'a fait que vous rendre plus efficace dans votre mission... Allons, séchez vos pleurs. Je vais à présent vous montrer à quel point j'ai confiance en vous. Quant à votre Loriot, vous verrez qu'il s'en tirera sans trop de dégâts. Il peut être très malin. Il le sera d'autant plus qu'il admettra avoir été manipulé. À l'occasion, le moment venu, je lui donnerai un coup de main, si je le peux. »

Et Gates entreprit de décrire par le détail les nouveaux développements qu'il envisageait pour l'opération « Frog drowning ». Décidément, il ne pouvait s'habituer à l'appeler par son nom de code officiel, « Back to the leadership ».

26

En France, les événements se précipitaient. Le juge Remendet était à l'ouvrage. Il cherchait à vérifier les allégations de la lettre anonyme. Il avait fait interpeller plus ou moins discrètement, à Toulouse, Georges Leblanc qui était tombé des nues. Une perquisition à son domicile n'avait rien donné et, très vite, le juge avait acquis la conviction que le vice-président de JetAir n'avait pas de compte bancaire secret, ni rien à se reprocher. Quant aux deux autres Français incriminés par la lettre anonyme, Gonzalves et Alonso, les vérifications effectuées ne firent apparaître aucune irrégularité de leur part, en tout cas aucune rentrée d'argent suspecte venant de l'étranger ou d'un quelconque paradis fiscal.

Le juge commençait à se demander sérieusement s'il ne s'agissait pas d'une plaisanterie au moins douteuse, lorsqu'il reçut une deuxième lettre anonyme. Cette fois, le « corbeau » avait joint à sa missive dactylographiée sur une autre machine – les experts consultés étaient formels – un listing de près de vingt pages, comportant toujours les noms de Gonzalves, Leblanc et Alonso, mais y ajoutant ceux de diverses personnalités, notamment politiques. Parmi ces noms, le juge découvrit ceux d'un Stéphane Bocsa et d'un Paul de Nagy, qui auraient des comptes camouflés en Italie.

« Votre Loriot a donné à fond dans le panneau. » Gates se marrait ouvertement, en apprenant à Helen Mac Ceady le dernier rebondissement de l'affaire. « Vous n'y êtes pour rien. C'est nous qui avons suggéré à notre ami l'informaticien qui falsifie les listings d'y placer les noms en question. Vous savez qui est ainsi visé ? »

Helen ignorant évidemment de qui il pouvait s'agir, Gates frappa du poing son bureau en signe de grande allégresse. « Figurez-vous que l'ancien ministre de l'Intérieur français, celui que le Président et son copain Villepin détestent, Nicolas Sarkozy, est d'origine hongroise, et que son vrai patronyme est Nagy-Bocsa. Oh, je sais que l'hameçon est énorme. Mais vous verrez que ces messieurs vont le gober tout entier. Et que cela va jeter une sacrée pagaille dans le gouvernement français ! Ah, quel beau coup ! Double, ou triple, je ne sais plus ! Tous les espoirs sont permis….»

Gates ne pensait pas si bien dire. L'apparition du nom de Sarkozy dans le listing avait suffi à déclencher en France de sérieux remous. Les ennemis de celui qui prétendait succéder à Jacques Chirac avaient sauté sur l'occasion. Allaient-ils enfin être débarrassés de l'encombrant personnage ?

27

LES DEUX HOMMES se connaissaient de longue date. Ils avaient appris à s'estimer. Ils avaient même décidé de se rencontrer, de temps à autre, en dehors des circonstances officielles, pour échanger des informations. Et de le faire secrètement, à l'insu de leurs ministères de tutelle.

L'homme fort du SGDN et le directeur de la DST considéraient en effet tous deux que l'efficacité de leurs missions respectives exigeait une vraie entente, mieux, une sorte de communion entre responsables de la sécurité nationale, extérieure et intérieure. Ils éprouvaient la même méfiance pour les « politiques » en général. Ils étaient pourtant aussi dissemblables que possible. Aussi bien physiquement que de tempérament. Les voir côte à côte était en soi un spectacle. La rondeur et la faconde de l'un contrastaient avec la grande taille et la réserve aristocratique de l'autre. Naturellement jovial, Jean-Paul Laffitte aimait la vie, et même la bonne vie – son léger embonpoint en témoignait –, quand Frédéric Pomarède s'était bâti une réputation d'ascète et d'hypocondriaque. Ses collaborateurs les plus proches affirmaient ne jamais l'avoir vu esquisser même un sourire. Mais tous deux partageaient un amour passionné de leur patrie et avaient consacré leur existence à la servir. Tous deux regrettaient que la politique ne vînt trop souvent interférer dans leur action. Ils se désespéraient particulièrement de la situation actuelle, marquée par la zizanie entre le Président et ses hommes, d'un côté, et l'étoile montante Nicolas Sarkozy et ses supporters de l'autre. Eux n'appartenaient à aucune « écurie ».

Ils s'étaient installés ce jour-là dans le coin le plus reculé d'un petit bistro discret, pas très loin de la tour Eiffel. Le lieu de leur rencontre n'était jamais le même d'une fois sur l'autre. Ils ne se le communiquaient par SMS qu'au tout dernier moment. Simple précaution, pour éviter les commentaires ou les remarques de tous ceux que cette parfaite entente entre les chefs de deux services traditionnellement antagonistes aurait pu étonner. Naturellement, leurs échanges ne faisaient l'objet d'aucun compte rendu. Parfois, leurs subordonnés s'émerveillaient de voir leur propre patron si bien informé des actions ou des intentions de l'autre...

« Nous allons connaître des moments difficiles. » D'emblée, Laffitte avait fait part à son interlocuteur de ses inquiétudes. L'affaire EURAERO, qu'il avait résumée en trois petits feuillets à l'intention de Pomarède, se doublait maintenant d'une affaire European finances, dont la DST, il le savait, s'était saisie à la demande du nouveau ministre de l'Intérieur, Dominique de Villepin. Celui-ci avait comme prévu remplacé à ce poste Nicolas Sarkozy, momentanément occupé à rassembler sous sa houlette les troupes du parti créé par le Président.

Pomarède venait de lui dire que, selon toute vraisemblance, l'auteur des lettres anonymes envoyées au juge Remendet, le « corbeau », était « le » Loriot dont ses informateurs, en France et aux États-Unis, faisaient le jouet des manœuvres américaines. Ou germano-américaines.

Le directeur de la DST, avec toute la prudence qu'exigeait la situation, avait mené l'enquête, grâce aux différents contacts que ses services et lui avaient dans les milieux industriels et militaires. Très vite, il avait acquis la conviction que les fameux listings avaient été falsifiés.

— Je regrette que nous ne nous soyons pas vus depuis quelques semaines, l'interrompit Laffitte. J'aurais pu vous faire gagner du temps car moi, j'avais appris par mes antennes aux États-Unis que cette opération de falsification avait été organisée par nos amis de la C.I.A., et très précisément par John P. Gates, le chef du National Clandestine Service. Le but était d'exploiter la crédulité et surtout le désir de vengeance de ce Loriot pour le compromettre personnellement, affaiblir le management d'EURAERO et, par ricochet, atteindre son grand ami, le chouchou du Président, de Villepin.

— Vous voyez que nous ne nous rencontrons pas assez, dit Pomarède d'un ton aigre. On a dû aussi vous dire que les ricochets atteignent maintenant l'ennemi juré de Villepin, Sarkozy !

— Oui. Je lis les journaux, répliqua Laffitte en souriant. Mais ne vous formalisez pas de mon avance sur vous. Pardonnez-moi si j'ai paru vous donner une leçon. Ce n'était pas mon intention… D'ailleurs, je suis vraiment curieux de connaître les résultats de votre enquête.

— C'est à mon tour de vous demander d'excuser une certaine susceptibilité…

Pomarède ne voulait pas être en reste de politesse.

— Donc, mes services ont identifié le falsificateur grâce à quelques recoupements. Il s'agit d'un certain Mittal, un

Indien – vous savez que les Indiens sont des maîtres en informatique – qui s'est chargé de la besogne. Probablement à l'instigation de nos amis américains…

— Vous avez révélé à la fois la falsification et le nom de son auteur au ministre de l'Intérieur ?

— Évidemment… Mais je dois me montrer extrêmement prudent. Je ne lui ai fait que des comptes rendus oraux. Vous comprenez, Loriot est l'un de ses proches. Cela pourrait être gênant pour lui. Maintenant il y a l'autre, Sarkozy, également dans le coup. Je sais bien, comme vous, qu'il s'agit d'une opération de déstabilisation. Mais je n'aimerais pas être pris entre le marteau et l'enclume… Que va faire de Villepin ?

— Moi, je vais vous le dire, soupira Laffitte. S'il peut utiliser cette affaire pour monter un piège où faire donner son adversaire, qui est aussi celui du Président, il ne va pas s'en priver… Vous comprenez pourquoi je vous disais tout à l'heure que nous allions connaître des moments difficiles. Vous pouvez être sûr que dès que Sarko saura que la DST a enquêté sur European finances, et qu'on a demandé aux enquêteurs de chercher à savoir s'il a bien quelque part un compte bancaire secret, il va faire un foin du tonnerre.

Pomarède parut soudain accablé :

— Et je serai en plein sous l'orage !

— La seule chose que je puisse vous dire, cher ami, pour vous réconforter, c'est que cet aspect franco-français est tout de même secondaire, si on le compare à la menace qui pèse désormais sur notre industrie aéronautique. Cet enjeu-là est autrement plus grave que les règlements de compte politiques auxquels, vous avez raison, nous allons assister.

Les deux hommes se serrèrent longuement la main avant de se séparer. Leurs gardes du corps, qui avaient fini par bien se connaître, s'étaient attablés dans un coin du bistro. Ils précédèrent leurs patrons jusqu'à leurs voitures, en multipliant les précautions, la main sur le pistolet dégagé dans son étui. Quelle belle cible formaient en effet Laffitte et Pomarède sortant ensemble de l'établissement ! Perdus dans leurs pensées, ceux-ci ne remarquèrent même pas le manège de leurs anges gardiens. D'ailleurs, ni l'un ni l'autre n'aimaient être escortés, et leur comportement s'en ressentait.

Ça doit vraiment mal aller, se dit le « protecteur » de l'homme du SGDN. Il savait que ce dernier détestait les ambiances de western. *Enfin, pour une fois qu'il ne m'engueule pas !*

28

IL ÉTAIT, ce matin, de très bonne humeur. Le chauffeur-garde du corps qui le ramenait au siège du parti présidentiel, devenu de fait son propre parti, l'entendit rire tout seul. Nicolas Sarkozy se sentit observé par le rétroviseur intérieur. Se penchant en avant, il répondit à l'interrogation muette de son « ange gardien ». Un de ses vieux fidèles : « Ne t'inquiète pas. » Il tutoyait pratiquement tout le monde. *A fortiori* quelqu'un d'aussi proche quotidiennement. « Je ne suis pas devenu fou. Je revois seulement la tête d'Alain Duhamel, tout à l'heure sur RTL, quand je lui ai déclaré que je pense tous les jours à l'élection présidentielle, et pas seulement quand je me rase. Tu peux être certain que ça va faire la une des journaux ! J'aimerais être dans le bureau du Président quand il va lire la note que ses services lui auront préparée… À moins qu'il ait lui-même entendu l'émission. Imagine sa rage ! »

Les policiers de faction devant le siège de l'UMP, rue la Boétie, s'empressèrent d'écarter les barrières de protection pour que la voiture puisse se garer. À cette heure matinale, la circulation était déjà intense sur cet axe très fréquenté de la capitale. Les camions de la Poste toute proche se ruaient vers leurs destinations, à grands coups d'accélérateur.

— Ces chauffeurs postiers sont décidément insensés, s'exclama tout haut Nicolas Sarkozy, s'attirant un hochement approbateur de son garde du corps.

— Y a qu'à regarder les bosses sur leurs carrosseries, grommela celui-ci.

Son patron ne releva pas. Il était déjà entré dans le hall de l'immeuble et montait rapidement à son bureau. Béatrice, sa secrétaire-confidente, prévenue par téléphone de son arrivée, l'attendait sur le pas de la porte.

— Votre visiteur est déjà là, lui dit-elle à voix basse. Pierre Klein. Je trouve que c'est un drôle de type. Il a des manières de conspirateur !

— En somme, il ne vous plaît pas.

Nicolas Sarkozy autorisait sa collaboratrice à lui faire part des impressions qu'elle éprouvait devant les interlocuteurs qu'il voyait pour la première fois. Il avait la plus grande confiance en son jugement.

— C'est un peu ça. Il a un regard qui vous glace.

— Bah… Vous savez bien que j'ai besoin de lui.

Dans la course qu'il avait engagée pour la candidature à l'Élysée, Nicolas Sarkozy multipliait en effet les contacts avec toutes les personnes et toutes les organisations qui pouvaient lui être utiles. Naturellement, la franc-maçonnerie était de celles-là. L'homme qui l'attendait était l'un des hauts responsables de la Grande Loge Nationale Française, la seule obédience reconnue internationalement. Il avait, en outre, aux yeux du futur candidat présidentiel, d'autres avantages. Sous la couverture d'une entreprise de formation des cadres, il était un spécialiste du renseignement industriel, et savait admirablement se faufiler partout où des choses intéressantes se passaient. Notamment dans les milieux politiques, jusqu'au sommet de l'État.

Il avait en outre longtemps travaillé pour JetAir. Un contrat très juteux, que le dénommé Grignon avait cru bon annuler pour d'obscures raisons. Obscures au moins aux yeux de Pierre Klein.

Nicolas Sarkozy, qui s'était renseigné – plus qu'une manie, une nécessité pour un homme ayant ses ambitions –, avait appris que ce dernier s'était, pour se venger, mis au service de Leblanc, l'ancien ami devenu l'ennemi juré de Grignon. *C'est fou comme ces gens s'aiment...* pensait le désormais candidat déclaré en pénétrant dans son bureau... *Si Lagardère voyait la façon dont ses « héritiers » se déchirent...*

Se composant un visage souriant, il saluait son visiteur d'une solide poignée de mains : « Alors, cher ami, comment vont les affaires ? »

Sans attendre la réponse :

— Dites-moi d'abord ce qu'il se passe au sein d'EURAERO. J'ai l'impression qu'il y règne une joyeuse pagaille.

— Vous ne croyez pas si bien dire, répondit Pierre Klein. C'est tellement compliqué que je ne discerne pas toujours moi-même l'évolution des rapports de force au sein de l'entreprise. Et pourtant, c'est mon métier. Pour schématiser, je dirais que tout est parti de la mort de Jean-Luc Lagardère. À l'époque, ce n'est pas si vieux, l'héritier légitime était Olivier. Pas Grignon, ni même Arnaud. C'est Olivier, d'ailleurs, qui s'est substitué à Arnaud, lors des négociations avec l'État pour la liquidation de la succession de son père.

Il vit que son interlocuteur fronçait les sourcils : « Eh oui. Ces négociations n'étaient pas faciles. N'oubliez pas que JetAir est une pompe à finances extraordinaire. Vous comprenez pourquoi l'Élysée surveillait de très près les choses… »

Un ange passa… Klein reprenait.

— Le Président avait dans la place un ami, Grignon. Celui-ci, qui se sentait menacé par l'ascension éventuelle d'Olivier, que soutenait ce Loriot dont vous avez sûrement entendu parler, utilisa cette proximité avec l'Élysée pour faire pression sur les « liquidateurs » de l'héritage de Jean-Luc Lagardère. Il leur dit, en gros : si je ne suis pas nommé à la tête de l'entreprise, ça va vous coûter très cher. Vous paierez un maximum.

— Très simple, tout cela !

Nicolas Sarkozy s'était confortablement calé au fond de son siège, les mains derrière la tête, dans une position familière, et mettait sans façon ses pieds sur son bureau.

— Vous n'avez encore rien vu, reprenait-il, car si, au départ, deux camps s'affrontent, Grignon, allié à un autre *Lagardère's boy*, Leblanc, d'un côté, et Olivier-Loriot de l'autre, très vite le tableau évolue. Désormais, Loriot va jouer un rôle déterminant. Il a compris que la prise éventuelle du pouvoir par Grignon au détriment d'Olivier, qui n'est pas un vrai bagarreur, comportait pour lui un risque majeur : celui d'être supplanté dans le rôle d'héritier privilégié par Leblanc, l'ami de Grignon.

— Je croyais que Loriot et ce Leblanc étaient des copains.

— Il n'y a pas de copinage qui tienne devant l'intérêt… Donc, Loriot décide d'éliminer Leblanc. D'où la première lettre « anonyme » envoyée au juge d'instruction, dans laquelle Loriot place le nom de Leblanc au milieu de ceux de tout un tas d'autres personnages plus ou moins importants, généralement des ennemis supposés de Lagardère père. Le tout sur des listings procurés… par de curieux intermédiaires.

— Qu'est-ce que vous voulez dire ?

— Voici le côté le plus amusant de l'affaire. Vous savez – puisque c'est la raison de ma présence ici – que j'ai des responsabilités à la GLNF. La seule obédience que reconnaissent officiellement les étrangers, avec lesquels nous entretenons d'étroites relations et échangeons des informations. Je sais par nos frères américains, qui sont nombreux au sein de la C.I.A., que celle-ci mène une action très intelligente pour déstabiliser EURAERO. Inutile de vous faire un dessin. J'en ai d'ailleurs informé le SGDN et Jean-Paul Laffitte, le haut responsable chargé de l'Intelligence économique, que je connais très bien.

— J'ai entendu en effet parler d'un rapport de nos services secrets qui décrirait une opération d'envergure. Mais « on » s'est bien gardé de me le montrer. Quand je serai président… Mais continuez.

— Cet aspect de la question est capital. En réalité, les Américains s'appuient sur les rivalités franco-françaises, et le désordre qu'elles provoquent, pour pousser leurs avantages. Ils ont pour cela des alliés à l'intérieur, la partie allemande sur laquelle s'appuie d'ailleurs Loriot.

— Ne mélangez pas tout ou je ne vais plus rien y comprendre.

— Bien. Je reviendrai sur ce point. La première lettre fait un flop. Le juge a bien fait arrêter Leblanc, mais celui-ci est presque aussitôt relâché. D'où la deuxième lettre anonyme. Cette fois, Loriot met le paquet, en rajoutant beaucoup de noms…

— Dont le mien !

— C'est ça. Je soupçonne que l'inspiration, là encore, est américaine. Nos frères d'outre-Atlantique nous ont fait savoir que la C.I.A. ne serait pas fâchée de déclencher une pagaille monstre au sommet de l'administration française, histoire de rabattre le caquet de ces dirigeants arrogants, et en particulier de ce Villepin qu'ils détestent depuis son discours aux Nations unies sur l'Irak. En réalité, Loriot, qui est très proche de celui-ci, n'a pas compris qu'il était au centre d'une partie gigantesque, l'instrument choisi par les Américains pour déstabiliser EURAERO.

— Grâce aux Allemands, si je vous ai bien suivi.

— Exact. Grâce aux Allemands, dont il est devenu le correspondant permanent. L'agent, en quelque sorte. Savez-vous qu'il se rendait à l'époque très fréquemment outre-Rhin pour effectuer des missions dont lui seul connaît le sens ? Il disposait d'un budget important, plusieurs centaines de millions d'euros, et ne rendait compte à personne de leur utilisation.

Nicolas Sarkozy, se redressant et s'accoudant à son bureau, d'un ton beaucoup moins chaleureux : « Comment savez-vous tout ça ? »

Pierre Klein déclara, sans se démonter :

— Pardonnez-moi une fois encore de ne pas vous répondre… La franc-maçonnerie est multiple… Je vous disais donc que Loriot croit à ce moment-là qu'il peut éliminer définitivement Leblanc, même si celui-ci a été lavé de tout soupçon par le juge. Il constate aussi qu'Olivier est pratiquement *out*, mais que Grignon, avec l'appui de la famille de Jean-Luc Lagardère et surtout de l'Élysée, est sur le point de prendre le pouvoir. Alors, toujours s'appuyant sur ces Allemands, dont, par parenthèses, Olivier se méfiait beaucoup, il monte au créneau et impose à Grignon de le garder avec toutes ses prérogatives. Il argue du fait que le nouveau patron doit avoir auprès de lui un « fils préféré du père » qui est mort. Et il obtient satisfaction. Dès lors, il se croit intouchable.

— J'imagine que Leblanc doit être furieux ?

— Il se sent trahi une deuxième fois. Vous savez, c'est un type très bien.

Nicolas Sarkozy a un petit sourire : « Je suppose que vous l'aidez dans sa bataille contre Grignon, et même contre Loriot ? »

Klein a ce regard en dessous que la secrétaire avait si peu aimé. Visiblement, il se demande quel est le sens de la remarque de l'homme politique puissant qui est devant lui. Il se permet cependant de commenter : « Ceux que j'aide s'en trouvent généralement bien… »

Nicolas Sarkozy éclate de rire.

— Et ils savent l'en récompenser !… Mais revenons à cette guerre fratricide des *Lagardère's boys*. Je résume la situation : Grignon est le patron, soutenu par Chirac. Et Loriot s'est imposé à lui, soutenu par de Villepin et les Allemands. Très simple !

— C'est ça. J'ajouterai qu'entre ces deux forces, c'est une sorte de paix armée.

— Évidemment, puisque Chirac et Villepin chassent ensemble. Contre moi, à qui ils veulent barrer la route vers l'Élysée.

Cette fois, Sarkozy est devenu très sérieux. On ne rigole plus. « Quand je pense, dit-il avec véhémence, que de Villepin a fait faire une enquête sur moi, pour savoir si j'avais bien un compte dans cet établissement suisse dont je n'avais jamais entendu parler. Je ne le lui pardonnerai jamais. On m'a rapporté qu'il s'était écrié, devant témoins, en descendant l'escalier de son ministère : “Cette fois, on va l'avoir !” Eh bien, ils ne m'auront pas. Quant à ce Loriot, il faudra bien que l'on mette fin à ses agissements... Vous me dites que ce sont les Américains qui lui ont fourni les listings, en y plaçant mon nom. Je veux bien le croire. Il reste que j'apparais au milieu de plusieurs autres personnages qui ont tous plus ou moins été directement mêlés à l'affaire des Frégates de Taïwan, du temps où Édouard Balladur était Premier ministre. Et ça, ça ne peut venir que de gens ayant une connaissance approfondie du dossier. Que les Américains veuillent mettre la pagaille en France, soit. Mais il y a en outre une volonté de me nuire bien... française ! Et je saurai m'en souvenir. » Le sourire est revenu sur les lèvres de Nicolas Sarkozy. « Comme je saurai me souvenir des services que vous me rendez. En soutenant, avec vos frères, ma candidature... et en continuant de me renseigner comme vous venez de le faire. Je vous remercie. Béatrice va vous raccompagner. »

Pierre Klein parti, Nicolas Sarkozy demanda à ne pas être dérangé. Il voulait réfléchir à l'entretien qu'il venait d'avoir avec le dignitaire franc-maçon.

« Ce Villepin, tout de même... Et ce Chirac ! Quant à ce Loriot... le mieux ne serait-il pas que le juge se charge de le faire exploser en vol, par ricochet, en poussant son enquête du côté de Villepin ? Il ne pourra l'éviter si je me porte partie civile. »

29

QUELLES QUE SOIENT les bonnes relations que les responsables de deux Services secrets français, DST et SGDN, entretenaient discrètement, l'échange d'informations entre eux avait tout de même des limites.

Jean Paul-Laffitte n'avait pas tout dit à Frédéric Pomarède. Il ne lui avait surtout pas révélé les manœuvres d'infiltration qu'il avait réalisées afin que rien de ce qui se passait au sein d'EURAERO ne lui échappât. À peine rentré dans son bureau de la Tour-Maubourg, il demanda à sa secrétaire de lui appeler Dominique Reichmann « selon les procédures habituelles ». Sous-entendu en respectant les codes qui protégeaient son informatrice.

Dominique Reichman était en effet une Française, elle-même d'origine huguenote, ayant épousé un Allemand, agent immobilier de son état. Elle s'était donc installée outre-Rhin. Le ménage n'avait pas résisté à quelques années de mariage, mais la jeune femme était restée en Allemagne, où elle avait trouvé une situation au sein du service de communication d'EURAERO. Ses qualités de polyglotte, sa double nationalité et son entregent lui avaient permis d'y prendre rapidement des responsabilités.

Elle était l'image même de la Française moderne, brune, menue, délurée, souriante, toujours prête à rendre service. Ses amis savaient qu'elle cachait sous cette apparence avenante un caractère bien trempé, et qu'elle nourrissait, peut-être en raison de ses déceptions sentimentales, une certaine aversion pour les Allemands. Elle appelait cela, dans ses moments d'intimité, « mon patriotisme ». Mais elle excellait à donner le change, et ses « employeurs » ne trouvaient qu'à se louer de l'excellent travail qu'elle accomplissait. Elle avait notamment acquis une grande réputation auprès des journalistes, que son indifférence manifeste aux convenances séduisait.

C'est tout à fait par hasard que Laffitte avait appris son existence. Un de ses correspondants « dormants » en poste à Munich avait eu une brève aventure avec Dominique, rencontrée au cours d'une réception, et il lui avait parlé des sentiments « patriotiques » de la « jolie petite Française ». Cela se passait il y a déjà plusieurs années, mais le spécialiste de l'Intelligence économique avait demandé à son agent de garder des relations avec elle, même après que leur histoire sentimentale fut terminée.

Au cours d'un voyage qu'il avait effectué incognito en Allemagne, Laffitte avait pu avoir une rencontre « fortuite » avec Dominique et celle-ci, fine mouche, avait tout de suite compris à qui elle avait affaire. L'espion s'en était voulu de se voir aussi facilement deviné, mais le charme de « Madame Reichman » avait joué. *Je vieillis*, s'était-il dit en constatant la faiblesse de ses propres défenses devant la jeune personne. Mais il lui avait semblé que la sincérité de Dominique dans l'expression de son amour pour la France n'était pas simulée. Il y était particulièrement sensible.

Il lui avait donc demandé de devenir une sorte de correspondant particulier. C'est-à-dire de lui fournir, à sa demande, des informations plus ou moins confidentielles, non pas sur les secrets de fabrication des avions, qu'elle ignorait au demeurant, mais sur le comportement des dirigeants allemands de l'entreprise aéronautique. Les portraits que la petite Française lui envoyait de temps en temps faisaient sa joie, par la précision et la justesse des remarques qu'ils contenaient.

Il estimait que les services allemands n'avaient pas de raison particulière de s'intéresser à la jeune femme. Tout de même, par prudence, Laffitte avait établi avec elle des schémas de communication assez sophistiqués, se disant que, peut-être, un jour, elle pourrait lui donner des renseignements sur des sujets plus sensibles que les petites histoires internes à l'entreprise. Un peu amusée, Dominique n'en avait pas moins consenti volontiers à respecter les procédures. Ce jour semblait venu à l'homme du SGDN.

Il fallut à sa collaboratrice un bon moment pour obtenir Dominique Reichman sur une ligne sécurisée. Celle-ci sortait d'ailleurs d'une conférence de presse.

— Ma chère, dit Laffitte, j'ai besoin de vous.

— À vos ordres, mon général, répondit-elle gaiement. J'espère seulement que vous n'allez pas me demander de coucher avec le directeur de la communication. Ces Allemands sont des amants vraiment trop rigides. Dans mon lit, j'ai toujours l'impression qu'ils gardent des bottes.

— Rassurez-vous, dit Laffitte en éclatant de rire à l'évocation réjouissante d'un Uhlan cuirassé et botté faisant virilement l'amour à la jolie Française. Je vous demande simplement de me fournir tous les éléments dont vous disposez sur le dénommé Werner Summers, que vous devez bien connaître.

— Ah ça, oui ! Cet homme me fait froid dans le dos chaque fois que je le vois. Vous n'auriez pas quelqu'un de plus drôle, de moins « teuton », à me proposer ?

— Je ne vous propose rien, et surtout pas d'essayer de le séduire. Je veux seulement tout savoir de sa vie personnelle, de ses habitudes, de ses relations notamment avec le monde politique, de ses ambitions, etc. Tout ce qui ne figure pas dans ses biographies officielles.

— OK, monsieur le chef. Vous aurez tout ce que je pourrai trouver.

— Discrètement, naturellement. Je ne veux pas qu'il pense que vous faites une enquête sur lui.

— N'ayez pas peur, dit-elle sérieusement. J'ai l'air un peu fofolle, parfois, mais je sais travailler.

— Si j'en doutais, je ne ferais pas appel à vous.

Laffitte raccrocha. La brève conversation avec Dominique l'avait mis de bonne humeur. *Cette petite me plaît, décidément*, se dit-il. *Je crois qu'elle va m'être fort utile. Les manœuvres des Allemands me semblent de plus en plus inquiétantes. À croire qu'ils ont entrepris d'évincer tous les Français des instances de direction d'EURAERO. Et ce Summers est un redoutable cheval de Troie.*

30

LES INFORMATIONS en provenance de la grande entreprise ne laissaient pas, en effet, d'être inquiétantes. Laffitte avait en sa possession des rapports alarmants.

Il apparaissait d'abord, clairement, que les Allemands avaient entrepris de coloniser littéralement l'entreprise. Du moins s'agissant des emplois à haute valeur ajoutée. Dès qu'un poste se libérait, c'est le candidat allemand qui avait la préférence, les responsables français résistant mal, ou pas du tout, aux pressions incessantes qu'ils subissaient. Même si, grâce naguère à l'influence de Jean-Luc Lagardère, l'usine d'assemblage final, notamment du Superliner, était restée à Toulouse, et n'avait pas été transférée à Hambourg, comme les Allemands le souhaitaient, la véritable autorité était maintenant située de l'autre côté du Rhin.

Les sous-traitants français étaient systématiquement écartés au profit de leurs concurrents allemands. Dans les bureaux de Toulouse, si le remplacement d'un ordinateur s'avérait nécessaire, il n'était pas question de rechercher l'appareil le moins coûteux, à performances égales, il fallait acheter *made in Germany*. Exigence identique s'agissant des voitures de fonction. Détail, sans doute, mais significatif, en feuilletant la revue d'aéronautique, créée des années auparavant en France, le haut responsable avait découvert qu'elle était désormais imprimée à Munich…

Surtout se produisaient des incidents techniques, que certains n'hésitaient plus à qualifier de « sabotages ». D'autres continuaient à penser qu'il s'agissait simplement d'une mésentente sur les logiciels à employer de part et d'autre. L'existence de cinq plateaux différents pour le développement du Superliner rendait naturellement la coordination des opérations particulièrement délicate. Problèmes d'ordre technique, qu'une bonne organisation aurait dû permettre de résoudre. Or, l'absence d'une harmonisation des méthodes allait provoquer une véritable catastrophe industrielle.

Les mêmes matériaux n'étaient pas utilisés de la même façon par les ingénieurs allemands et français. Mais ce n'était rien encore. Le pire survint quand, pour les mêmes raisons, l'usine d'Hambourg, qui réalisait le câblage des fuselages, mit en place des « brins » trop courts sur les tronçons d'appareil qu'elle expédiait ensuite à Toulouse. Quand on s'en aperçut « officiellement », les dommages étaient devenus importants. Avec pour conséquences immédiates de grands retards dans la production du futur avion vedette d'EURAERO.

« Officiellement ? Qu'entendez-vous par là ? » Le ministre de la Défense français avait convoqué Laffitte pour obtenir de lui des informations plus précises.

— Madame, lui avait dit le spécialiste du SGDN, je ne peux naturellement pas le prouver. Mais tout se passe comme si la partie allemande, au moins une fraction de cette partie, n'était pas mécontente de la fragilisation de

JetAir, sans aller, peut-être, jusqu'à provoquer sciemment des retards.

— C'est une accusation extrêmement grave… Expliquez-moi quel peut être l'intérêt des Allemands de voir ainsi compromises les chances d'un appareil fabriqué en commun, et qui est évidemment promis à une grande réussite ?

— Que puis-je vous dire ? Sinon que ces « difficultés » vont permettre, d'une part, de changer la direction de l'entreprise, donc d'accentuer la prise en main de celle-ci par leurs compatriotes. Et, d'autre part, de donner de l'air à Boeing, qui en a bien besoin.

— Si je vous comprends bien, vous restez fidèle à la théorie que vous m'avez exposée il y a quelque temps, selon laquelle Américains et Allemands agissent de concert, avec l'accord implicite des Anglais, pour prendre le contrôle véritable de l'avionneur européen.

— C'est à peu près cela, avait confirmé Laffitte. Le plan du fameux Gates s'applique rigoureusement. Je vais même plus loin : je suis persuadé qu'une fois la crise actuelle surmontée – et elle le sera, vous verrez, grâce aux Allemands –, JetAir reprendra sa marche en avant. Mais ce sera devenu une entreprise américano-allemande, même si les postes honorifiques sont attribués à des Français et que l'on fait croire à ces derniers qu'ils la codirigent toujours effectivement. Pour ma part, je n'hésite pas à parler pour notre pays d'un véritable « Waterloo industriel ». Le général de Gaulle, dont l'œuvre est ainsi balayée, doit se retourner dans sa tombe. Les enfants prodigues ont dilapidé l'héritage.

Madame le ministre, gaulliste par définition, parut frappée par la déclaration de l'homme du SGDN. Mais elle ne fit aucun commentaire. Changeant de sujet, elle interrogea Laffitte :

— Une chose encore : vous avez vu que la Bourse vient d'enregistrer une chute brutale du cours d'EURAERO. Un quart de sa valeur perdue en une seule séance.

— Je crois tout simplement que les investisseurs, qui avaient jusqu'ici accepté les explications officielles des retards annoncés dans la production de l'avion, ouvrent maintenant les yeux et sanctionnent la société.

Et le spécialiste du renseignement d'ajouter pensivement : « Tout le monde sait qu'il y a des responsables qui ont vendu leurs actions… euh, à temps… Je crains donc qu'on ne découvre un délit d'initiés. Fasse le ciel qu'il n'y ait pas que des Français dans la liste. Sinon, ce sera une raison de plus pour les éliminer au profit des Allemands… Je vais demander son avis à mon ami de la DST et vous le communiquerai… »

31

JEAN-PAUL LAFFITTE n'avait pas voulu que Dominique Reichman prenne le risque de lui envoyer un rapport par la Poste. D'abord parce qu'il se méfiait professionnellement des écrits. Devenu par la nécessité, et non par goût, un vrai spécialiste de l'informatique, il savait par expérience qu'il est très difficile de faire disparaître toute trace des entrailles d'un ordinateur. « Casser » un disque dur était, en effet, désormais le sport favori des experts en renseignements, exploitant l'innocence des utilisateurs « normaux », qui sont persuadés qu'en appuyant sur la touche « supprimer » ou « effacer », ils font disparaître définitivement un texte compromettant ou indésirable...

Laffitte professait que l'une des tâches d'un bon service de renseignements était désormais de guetter les changements de matériel informatique dans tous les endroits sensibles, ministères, entreprises, ambassades, etc., et d'essayer de s'emparer – fût-ce en les récupérant à la décharge – des anciens appareils pour leur faire dire tout ce qu'ils contenaient. Il avait lui-même mis au point un réseau de surveillance des fournisseurs et des réparateurs, afin d'être averti de tout renouvellement important. « Je n'ai rien inventé, répondait-il à qui s'étonnait de cette initiative. La C.I.A. et mon copain Gates le font depuis longtemps. Et vous n'imaginez pas ce que nous recueillons ainsi comme informations ! »

Et puis, il avait envie de revoir cette jeune personne sur laquelle, s'avouait-il quand il était sincère avec lui-même, il avait « flashé ». Il lui avait donc fait savoir par les moyens habituels qu'il désirait la voir à Paris. « Dites-moi seulement où, quand et comment vous arrivez. Je vous enverrai chercher. D'après ce qu'on me dit, vous n'êtes pas l'objet d'une surveillance particulière. Mais nous prendrons tout de même quelques précautions. »

Dominique avait donc saisi le premier prétexte – des jours de congé à rattraper, et l'envie de voir une exposition Courbet au Grand Palais – pour sauter dans un avion pour Paris. Au moment de prendre un taxi à Roissy, elle avait été abordée par l'un de ces « faux » chauffeurs que les « vrais » considèrent comme la plaie des aéroports, et que la police ne pourchasse pas assez fermement à leurs yeux. « Regarde ! Encore une qui se fait avoir, dit à sa femme un Français débarqué du même avion. La pauvre, elle va payer le prix fort. »

À vrai dire, Dominique avait hésité. Mais le « chauffeur », en s'emparant de son léger bagage, avait discrètement murmuré « Mme Reichman ? Vous êtes attendue. » Une heure d'encombrements plus tard, le faux taxi la déposait devant une brasserie de Montreuil. D'abord, elle ne reconnut pas Laffitte, qu'elle n'avait vu qu'une seule fois et, qui, en outre, portait une moustache postiche. « Oui, je sais, c'est ridicule, dit l'espion, après s'être fait connaître, mais ma digne secrétaire me reproche de n'être jamais assez prudent. Qui voulez-vous qui me trouve dans cette banlieue populaire, où d'ailleurs je ne mets jamais les pieds ? Mon chauffeur est un as pour déjouer toute filature… Mais enfin… »

Laffitte parlait, mais ses yeux examinaient froidement la très jolie demoiselle. Un peu trop voyante, peut-être, en ces lieux. L'éclat de sa pétulante beauté ne s'était pas altéré au cours du bref voyage, et tous les hommes présents lançaient de longs regards vers leur table. Dominique portait un tailleur qui mettait en valeur ses formes rondes, et son décolleté aurait rendu jalouse Laetitia Casta. « Vous êtes vraiment sexy, ne put s'empêcher de dire Laffitte. Vous êtes l'attraction de ce bistro. Grâce à vous, tous ces gars passent un bon moment ! »

Un peu étonnée par la verdeur du propos, inattendu chez un si haut personnage, Dominique se sentit rougir des pieds à la tête. L'espion s'en aperçut : « Pardon de ma remarque. Mais vous savez, on peut être le chef d'une agence de renseignements et ne pas détester les jolies femmes. Bon, je crois tout de même que nous serons mieux pour parler dans ma voiture. Vous allez finir par provoquer un attroupement ! »

Le chauffeur, qui connaissait les habitudes de son patron, se gara bientôt dans une rue parallèle au périphérique parisien, parfaitement déserte à cette heure de l'après-midi. Il sortit du véhicule et se mit à faire les cent pas sur le trottoir.

« Bien. Je vous écoute », dit Laffitte, en se carrant confortablement sur la banquette. Il eut un petit frémissement quand sa cuisse toucha celle de Dominique, que la jupe droite découvrait très haut. Il s'efforça de ne rien laisser paraître du plaisir qu'il avait à être si près de la belle. « Ne vous étonnez pas si je ne prends pas de notes. J'ai une très bonne mémoire. »

Parfaitement consciente de l'effet qu'elle produisait sur son interlocuteur, et secrètement troublée elle-même, Dominique Reichman s'efforça de rassembler ses esprits, pour tracer le portrait le plus exact possible de Werner Summers. « Il ne fait rien pour cacher qu'il est un ancien militaire. Mais un militaire à l'allemande, mieux : à la prussienne. Je sais que tout cela fait très "cliché". C'est un fait : tout son comportement est marqué de rigidité, d'inflexibilité. Comme son allure, d'ailleurs. Jugulaire, jugulaire. Frédéric II de Prusse eût certainement apprécié cet homme grand, blond, aux yeux bleus. »

La jeune femme marqua un temps d'arrêt. Laffitte sentit qu'elle avait failli ajouter une autre référence. Plus récente, celle-là... Mais moins glorieuse. Elle enchaîna :

— Pour lui, la règle, c'est la règle, surtout quand elle est allemande. Il ne supporte pas que l'Allemagne ait perdu la guerre, et en particulier que ces Français, auxquels elle a mis la déculottée en 1870 comme en 1939, prétendent lui donner des leçons. Il rappelle à toute occasion que son pays a une aussi longue tradition aéronautique que la France, et que Berlin avait un salon plus important que celui du Bourget avant la guerre.

— Si je comprends bien, cet homme est animé par un désir de revanche...

— Oui, il a une vengeance à assouvir contre la France. Mais ce n'est pas sa vengeance personnelle. C'est celle de l'Allemagne, à laquelle il s'identifie. Je le crois sincère. Il considère qu'au sein d'EURAERO, les Allemands ont trop longtemps fait des courbettes aux Français. Il est temps que cela change. D'un autre côté, il est très pro anglo-saxon. Il ne parle pas un mot de français, mais est parfaitement anglophone. Il a d'ailleurs étudié aux États-Unis et en Angleterre.

— Mes amis britanniques forment d'excellents espions, dit Laffitte rêveusement.

— Sans doute. Mais il n'a pas de l'espion la prudence. Il est au contraire brutal, notamment dans ses déclarations. Il est autoritaire, froid, calculateur, il ne doute jamais, et se moque de ce que pensent les autres, surtout lorsqu'ils sont français. Vous avez certainement vu comment il a contré Grignon, avec quelle hauteur il a défendu les responsables de l'usine d'Hambourg, au moment des problèmes de câblages...

— Au point que certains le soupçonnent d'avoir plus ou moins « couvert » les turbulences au sein d'EURAERO, commenta Laffitte.

— Pour ma part, malgré le peu de sympathie que j'éprouve pour lui, je ne peux pas le croire, répondit Dominique.

— Cependant, vous me le décrivez comme un ennemi des intérêts français. Qui le protège ? A-t-il des appuis politiques ?

— À ma connaissance, ses relations avec le gouvernement allemand sont d'ordre professionnel. Mais il a bénéficié de la protection du président du conseil de surveillance de Daimler.

— Je vois, dit Laffitte. Tout se recoupe... Bien, je vous remercie. Mon chauffeur va vous déposer à une station de taxis. Allez maintenant voir *L'origine du monde*.

Dominique lui lança un regard pénétrant. Qu'avait voulu dire exactement le spécialiste du SGDN ? Pourquoi le ton quelque peu bizarre de cette allusion au très célèbre tableau de Courbet, montrant crûment l'anatomie intime féminine ?

Laffitte détourna les yeux et s'empressa d'ajouter : « Naturellement, nous restons en contact. Nous nous reverrons. » Dominique, fine mouche, se dit que Laffitte avait une petite idée derrière la tête.

32

Il n'aimait décidément pas les voyages en avion. Le confort dans l'appareil de l'US Air Force qui l'avait amené de la base d'Andrews, proche de Washington, à Nice, était par trop rudimentaire. Gates s'était affublé d'un uniforme de sergent des Marines, ce qui lui avait valu d'être toisé avec quelque condescendance par des généraux étoilés empruntant le même vol, un peu étonnés de la présence auprès d'eux d'un simple sous-officier. Il ne pouvait prendre le risque d'être identifié dès son arrivée sur le sol français par les services de la Police de l'Air et des Frontières, dont il connaissait la redoutable efficacité. Il n'avait pas envie que son « ami » Laffitte soit immédiatement informé de son arrivée. *Il serait bien étonné*, s'était dit, en souriant, le maître espion.

Personne ne lui avait posé de questions, son passeport militaire, au nom d'un sergent Smith et son ordre de mission étant parfaitement en règle. Le transfert vers l'héliport avait été extrêmement rapide. Quant au vol de quelques minutes vers la Principauté, dans l'hélicoptère d'HéliAir Monaco, il avait été un véritable enchantement. La mer sous le soleil nuançait son bleu profond d'aiguilles argentées, au gré des évolutions de l'appareil.

« Mr. Smith ? La voiture est là et le yacht est mouillé dans le port. » Là encore, son uniforme lui avait évité les questions des « douaniers » monégasques qui contrôlaient les arrivées. Le chauffeur de la longue limousine noire l'avait évidemment identifié grâce à la photographie qui lui avait été remise. L'homme, un Américain, ne marqua aucun étonnement devant l'accoutrement de celui qu'on lui avait simplement présenté comme un personnage très important, à traiter avec le plus grand respect. *Celui-là est sergent comme moi je suis pape*, se dit-il. Mais il n'était pas là pour faire des commentaires. Il constata d'ailleurs, sans surprise, que le sergent en question, à peine installé sur la banquette arrière de l'immense voiture, sortait du seul bagage qu'il avait avec lui un costume sombre, et qu'il entreprenait, en se tortillant, de changer de vêtement. « N'allez pas trop vite, dit Gates. Je crois que nous n'avons pas un long trajet à accomplir, et je voudrais arriver correctement habillé. »

Bientôt, en effet, après avoir contourné le stade Louis II – l'espion était assez peu amateur de « soccer », mais il avait vu à la télévision un match de l'équipe monégasque, et reconnaissait les arcades ocre du stade –, traversé les quartiers gagnés sur la mer, et être passée au bas du fameux Rocher, la voiture débouchait sur le quai du port principal. Une vedette attendait, amarrée à la jetée menant au très sélect Yacht Club de Monaco. L'instant d'après, Smith redevenu Gates était à bord d'un superbe yacht, ancré au milieu de quelques autres navires somptueux, témoignant de la richesse de leurs propriétaires. La C.I.A. avait pensé que le plus sûr moyen de passer inaperçu en ces lieux paradisiaques était de se mêler aux milliardaires qui en faisaient la réputation. Elle avait donc loué ce magnifique bâtiment, battant pavillon grec.

Après tout, pourquoi pas ? s'était dit Gates. Il n'en constatait pas moins à présent que, sur les quais, des dizaines de badauds armés de jumelles s'efforçaient de ne rien perdre de ce qui se passait à bord de ces palaces flottants. *Comme discrétion, il y a mieux...*

Il demanda donc au capitaine chamarré qui l'avait accueilli à la coupée de le conduire au plus vite à sa cabine, puis de lui montrer la salle où la réunion se tiendrait tout à l'heure. « Le déjeuner est prévu sur le pont avant, dit le marin. Mais si vous préférez être servi dans votre cabine, rien de plus facile. Je vous préviendrai à mesure de l'arrivée de vos hôtes. Selon les mails que nous avons reçus, nous les attendons vers 14 h 30. »

À l'heure dite, les invités étaient là, en effet. La plupart jouaient les blasés, comme s'ils avaient toujours vécu sur un yacht, au milieu de la rade la plus célèbre du monde, en dépit de son manque de sûreté due à son exiguïté et à son ouverture aux vents marins dominants.

Ils se connaissaient pour la plupart. Autour de la table, on retrouvait en effet les participants à la fameuse réunion dans la forêt brésilienne, d'où tout était parti. L'invitation à se retrouver dans la Principauté ne les avait pas surpris : le lieu était tout de même plus près des théâtres de l'opération en cours que le continent sud-américain, et Monaco présentait tous les avantages en matière de sécurité et de neutralité. Même si tous les services secrets du monde y étaient installés en permanence... Il y avait donc là, outre les représentants de la C.I.A., arrivés plusieurs jours auparavant, les Allemands, emmenés par le même banquier hautain, le monocle toujours fixé à l'œil, et l'ancien officier devenu patron de JetAir. Craignant d'être remarqué – sa photo était parue à de nombreuses reprises dans les journaux au cours des semaines précédentes –, celui-ci arborait une superbe perruque noire, au-dessus de lunettes de même couleur. *Pas sûr que cela soit suffisant*, pensa Gates. *Il faudra que je lui dise de multiplier les précautions.*

Le Russe était là, toujours aussi peu bavard, de même que l'inévitable docteur Khan qui semblait mieux maîtriser ses tics que par le passé, et que M. Wang, dont le yacht personnel était amarré à proximité. Aux « conjurés » brésiliens s'ajoutaient toutefois deux personnes : un envoyé du MI5 britannique, et une jeune femme, une Française, que Summers présenta rapidement, en déclarant qu'elle occupait un poste important à la communication d'EURAERO et qu'elle serait appelée à jouer un rôle majeur dans les prochains développements. Ce qui éveilla évidemment la curiosité de certains participants. À la vérité, Gates lui-même avait été fort étonné de la demande pressante de Werner Summers d'amener Dominique Reichman avec lui à la réunion de Monaco.

— Je pense, avait dit le patron de JetAir, qu'il nous faut l'avis d'un Français pour mieux connaître la réaction de ses compatriotes à la situation nouvelle. En l'occurrence, je propose une Française qui fait un travail remarquable à la communication du groupe. Elle a, par ses origines huguenotes, une sorte de bi-nationalité franco-allemande. Elle a d'ailleurs été mariée à un Allemand. Je l'ai repérée lors d'un salon au Bourget, et je l'utilise désormais beaucoup pour décrypter les comportements de nos amis français. Remarquable psychologue, elle m'a mis en garde à différentes reprises contre certaines décisions que je m'apprêtais à prendre et qui auraient pu avoir des conséquences fâcheuses. Bref, elle nous sera certainement très utile aujourd'hui.

— Mais, avait objecté Gates, n'y a-t-il pas un risque à mettre ainsi une personne supplémentaire dans le secret de notre affaire ? Je vais être amené à Monaco à faire le point exact sur le développement de l'opération.

— J'ai toute confiance en elle, trancha Summers. En outre, vous verrez, elle est extrêmement séduisante. Le type même de la Française moderne !

Gates s'était demandé pourquoi son interlocuteur avait émis cette appréciation. Il put constater, en la découvrant sur le pont du yacht, que l'Allemand n'avait pas exagéré. D'emblée, Dominique lui plut. Il se surprit à penser, en la contemplant longuement, qu'elle était le genre de femme auquel lui-même pourrait s'intéresser. Pour autre chose que la défense des intérêts américains dans le monde… Quelque chose se passait au fond de lui, qu'il tenta de repousser.

Intuitivement, Dominique sentit qu'elle impressionnait le maître espion dont on lui avait tellement parlé. Elle lui rendit un regard appuyé et enregistra le frisson qui le traversait. Gates se secoua. La réunion devait commencer. Encore ému, il bredouilla : « Je suis ravi d'accueillir parmi nous Dominique Reichman. Elle nous est recommandée par nos amis allemands. Avouez qu'avec un nom pareil, elle était en somme toute désignée. » Il eut un petit rire contraint pour souligner sa plaisanterie. Personne n'émit de commentaire. Seul le banquier fit lourdement remarquer que cette présence féminine venait heureusement compenser l'absence des « amazones » brésiliennes..

33

L'OBJET de la nouvelle réunion était évidemment de faire le point sur le déroulement de l'opération « Back to the leadership ».

« Mes amis, commença Gates qui avait retrouvé son sang-froid, j'ai le grand plaisir de vous dire que notre affaire est d'ores et déjà un succès. Le retournement de la situation dans le domaine ultrasensible de l'aéronautique est en très bonne voie. Si vous me permettez ce mot, je dirai que la grenouille française, cuite lentement et soigneusement, n'est plus en mesure de résister. » Et l'espion de décrire le nouveau panorama en train de se construire. Les Allemands retrouvent la place que la deuxième guerre mondiale leur avait fait perdre en matière de compétences technologiques. En outre, ils contrôlent désormais, dans les faits, JetAir, ne laissant aux Français que l'apparence du pouvoir au sein d'EURAERO. Les emplois de haute qualification sont systématiquement créés en Allemagne, pas en France. Dans un proche avenir, celle-ci sera réduite au rôle de figurant, noyée qu'elle sera dans un ensemble dominé par ses « partenaires »...

« C'est à peine si la France s'est rendu compte de ce qu'il lui arrivait, ironisa Gates. Elle s'est d'abord fourvoyée, tout à fait au début, en donnant dans le piège que nous lui avions tendu. Au lieu de transformer le GIE JetAir, très performant, en société anonyme française, elle a choisi un montage compliqué en créant EURAERO. Certes, nous l'avions pressenti, ce montage satisfaisait les ambitions "mondiales" des dirigeants de l'époque, de Jean-Luc Lagardère en particulier, et réjouissait les politiques obnubilés par l'axe franco-allemand. Nous n'avons donc cessé, notamment par la voie diplomatique, d'encourager les Français à s'allier aux Allemands… Mais de leur part, quel aveuglement ! Et que d'erreurs : quand on pense qu'EURAERO, malgré les succès de JetAir, n'a jamais procédé à la moindre augmentation de capital ! En revanche, les dirigeants se sont enrichis. Mais ce n'est pas notre problème. »

Gates marqua un petit temps d'arrêt, comme pour souligner l'inconscience de ces Français par ailleurs si prétentieux. Puis il reprit : « Nous avons ensuite cherché à affaiblir l'entreprise. La déstabilisation du management, que nous avons provoquée par nos petites manœuvres, en circonvenant ce Loriot que vous connaissez bien désormais, grâce aux éminents services de notre excellente Helen Mac Cready, et en déclenchant le scandale de European finances, a heureusement profité à la partie allemande. La multitude d'incidents techniques qui se sont produits, en raison de l'incompatibilité des logiciels employés à Toulouse et à Munich, a causé un retard considérable dans l'exécution du programme phare de JetAir, le Superliner. Tout cela pour quelques centimètres de câblages électriques… Aujourd'hui, on peut dire que Boeing a toutes les chances de redevenir leader sur le marché, pourvu que ses ingénieurs soient à la hauteur... de leurs homologues français ! À la limite, peu importe s'ils n'y arrivent pas : EURAERO sera américain. »

Le banquier allemand l'interrompit alors :

— Je suis heureux de vous l'entendre dire. Vous insistez sur les bienfaits de l'opération pour nous, les Allemands. Je n'en disconviens pas. Je constate en effet que, parallèlement, les États-Unis sont en train de reconquérir leur position de leader sur le marché non seulement de l'aéronautique, mais aussi des hautes technologies.

— Mais, cher ami, ai-je jamais dit le contraire ?

— Vous pourriez ajouter, reprit l'Allemand, que vous vous préparez à parachever votre œuvre : si la Federal Reserve baisse ses taux, comme je l'entends dire, et fait chuter gravement le dollar face à l'euro, JetAir sera contraint d'installer ses usines outre-Atlantique, en zone dollar, et les sous-traitants seront repris à 90 % par des groupes industriels américains.

— ... et allemands, le coupa Gates. Allons, allons, ne soyez pas trop gourmands. Ou je finirai par croire ceux qui disent que pour un Allemand, ce qui est à lui est à lui, et ce qui est à un autre, il doit le partager... J'ai un peu l'impression que c'est ce qui se passe à EURAERO.

Le maître espion avait lancé ces mots avec le sourire. L'Allemand était devenu rouge de colère. Il se contint cependant.

Gates enchaînait : « Pour aller dans votre sens, voyez comme je suis honnête, j'ajouterai que nous sommes également bénéficiaires du transfert des technologies détenues par la France, puisque d'ores et déjà, la majeure partie de la valeur des éléments de ses avions est d'origine américaine, et que ce mouvement ne fera que s'amplifier quand les avions ravitailleurs commandés à JetAir par l'US Air Force entreront en fabrication… sur le sol américain ! » Furent alors distribuées autour de la table quelques feuilles résumant le bilan que Gates venait de faire. « Ai-je besoin de vous dire, madame, messieurs, que ce que vous avez entre les mains est rigoureusement confidentiel ? Ce n'est qu'un petit mémo qui doit nous inciter tous à poursuivre nos efforts. »

L'espion entendait en effet signifier que l'opération n'était pas terminée. Les premiers étages de la fusée allumée au Brésil avaient admirablement fonctionné. Restaient les autres. « Nous devons maintenant réorganiser le jeu mondial dans les domaines de l'aéronautique et de l'espace. C'est la raison de la présence ici d'un représentant de la Russie, de la Chine, en la personne du docteur Khan, et naturellement de notre partenaire fidèle de toujours, la Grande-Bretagne. »

Gates s'était tourné vers l'homme du MI5. « Vous savez que j'ai été amené à faire un exposé devant le Council of Foreign Relations sur les retombées de toute cette affaire et, notamment, du retour des États-Unis au premier plan. Retombées pour vous, les Anglais, mais aussi pour nos amis les Russes, nos alliés objectifs dans les domaines aéronautique et militaire. C'est avec ces derniers que nous redonnerons un ordre à ce monde. Nous comptons aussi sur les Chinois, n'est-ce pas docteur, qui sont maintenant très imbriqués dans notre économie, en raison de leurs achats massifs de bons du Trésor américain. Nous regardons également, toujours grâce à vous, du côté du Moyen-Orient et des monarchies du Golfe. C'est une partie formidable, et terriblement complexe, à laquelle je vous invite tous aujourd'hui, depuis ce yacht dans le port de Monaco. »

L'espion était devenu grandiloquent. Comme emporté par l'ampleur du dessein qu'il traçait. Il regarda dans les yeux, sans se cacher, la mignonne Française, qui avait semblé passionnée par tout ce qu'il avait dit. Elle lui renvoya un regard plein d'admiration.

Plus d'un, autour de la table, se prit à penser que l'homme de la C.I.A. commençait à se prendre pour une sorte de démiurge…

Dehors, la nuit tombait sur Monaco. Presque aussitôt, dans le ciel, éclataient les fusées d'un gigantesque feu d'artifice. Comme pour saluer les prouesses de Gates.

34

JAMAIS LE « BEACH » n'avait aussi bien justifié sa réputation de « plage des milliardaires ». Sous le soleil déjà brûlant, en cette fin de matinée, tout ce que la Principauté abritait de VIP internationaux, vedettes de cinéma ou de télévision, producteurs, sportifs célèbres, séduits par l'absence d'impôts, hommes d'affaires au compte en banque opulent, étalait sur le sable des chairs plus ou moins avantageuses. Beaucoup de très jolies jeunes femmes aussi, que l'odeur de l'argent attirait, et qui rivalisaient d'élégance plus ou moins dénudée.

Personne ne se baignait dans l'eau pas très claire de la Méditerranée. « Ah, ma chère, cette pollution ! Même ici, où nous avons les meilleurs spécialistes en matière de fonds marins, nous n'arrivons pas à éliminer les déchets. Cette mer est devenue une poubelle… Si vous voulez nager, il y a la piscine, là, juste derrière, près du restaurant. »

Dominique Reichman, allongée sur le dos, en monokini, regarda d'un air mauvais la grosse dame en short et corsage rose, le visage noirâtre ravagé par le soleil, qui l'avait abordée sans façon. « Vous êtes nouvelle ici, je ne vous ai jamais vue », lui avait-elle dit pour engager la conversation. Depuis, le mutisme bougon de Dominique, qui ne répondait que par onomatopées, ne l'avait pas découragée. « Vous êtes descendue à l'Hôtel de Paris ? Oui, sûrement. Oh, ce n'est plus tout à fait ce que c'était. Il y a maintenant trop de nouveaux riches des pays de l'Est, notamment des Russes. Vous n'êtes pas russe, au moins ? Non, bien sûr. Vous parlez trop bien français. Enfin ! Ils font marcher la SBM… »

Avec soulagement, Dominique vit Gates s'approcher, zigzaguant entre les rangs de parasols et de chaises longues. L'homme de la C.I.A. s'était fait déposer à l'entrée de l'enclos interdit à qui ne montrait pas le carton-sésame doré remis à ses invités par la Société des Bains de Mer, propriétaire de la plupart des hôtels de la Principauté et du casino. Il avait admiré en connaisseur les splendides voitures, Ferrari, Porsche et Rolls, qui y stationnaient, gardées par de farouches cerbères, pendant que les chauffeurs s'abritaient sous les arbres.

En le voyant, son embonpoint sanglé à grand-peine dans un bermuda multicolore, elle fut prise d'un fou rire. Elle agrafa son mini-soutien-gorge, prit congé sans trop de courtoisie de la grosse dame, et s'avança vers lui : « Savez-vous que nous sommes ici en territoire français, même si les Monégasques se le sont en quelque sorte approprié, avec l'accord de la France ? chuchota-t-elle à son oreille, après qu'il lui eut cérémonieusement baisé la main. Vous prenez des risques. »

Gates, qui avait passé la nuit sur le yacht ancré dans le port, semblait de très belle humeur. « Bah ! Nos hôtes les plus compromettants, dont “votre” Summers, sont déjà repartis. Quant à moi, je suis persuadé que la DST française, en liaison étroite avec la police monégasque, sait que je suis là. Mon déguisement à l'héliport n'a pas dû tromper longtemps les hommes de surveillance. Je suis sûr que mon ami Laffitte, qui est le spécialiste français de l'Intelligence économique – vous voyez ce que je veux dire...–, a été averti, et qu'il m'a fait suivre jusqu'ici... J'avais envie de prendre un peu de bon temps. Ne serait-ce que pour savourer le succès de mes entreprises. Au point où nous en sommes, il n'y a plus rien ou presque à lui cacher... Bien. Je voudrais vous inviter à déjeuner. Je savais que vous étiez là, Summers m'avait dit que vous souhaitiez prendre un jour de détente. J'ai fait retenir une table. »

La jeune femme avait réussi à ne pas sourire devant l'allusion à Laffitte. Elle acquiesça :

— Pourquoi pas ? Donnez-moi seulement un instant, que je me refasse une beauté.

— Dominique - si vous permettez que je vous appelle ainsi -, vous n'en avez vraiment pas besoin, dit-il en s'efforçant maladroitement à la galanterie. Je vous attends devant un cocktail.

La jeune femme enfila une sortie-de-bain et se dirigea vers les toilettes. Elle rectifia rapidement son maquillage, puis s'isola dans un coin du bar pour appeler Laffitte sur son portable. Elle parvint à le joindre aussitôt, en respectant les codes qu'il lui avait donnés. « Je suis à Monaco, lui dit-elle brièvement. Gates est avec moi. »

Le responsable du SGDN ne parut pas autrement étonné.

— Nous l'avions repéré, sous le déguisement de Mr. Smith, sergent de l'US Army. Mais nous pensions qu'il repartirait aussitôt pour les États-Unis. Bien. Je songeais depuis notre fructueux entretien à mieux vous utiliser, compte tenu de la place que vous avez prise auprès de Summers. Mais la présence de Gates change mon point de vue. Si je comprends bien, il est venu sur cette plage – où, soit dit en passant, vous avez bien de la chance de vous prélasser - pour vous rejoindre. Ce qui signifie que vous ne lui êtes pas indifférente. Alors, foncez. Séduisez-le. Déployez tous vos charmes. Entrez dans ses bonnes grâces. Cela nous sera utile.

— Je veux bien essayer, bien que ce ne soit vraiment pas un Adonis… À propos, je m'apprêtais à vous envoyer par les voies habituelles un compte rendu de la réunion d'hier sur le bateau. D'un mot, je vous confirme que tout ce que vous aviez deviné est exact. Derrière ce qui s'est passé, il y a la main de Gates.

— Je n'en doutais plus. Allez, tenez-moi au courant régulièrement du progrès de vos amours américaines ! Vous voici la nouvelle Mata Hari ! Et comme le fait, dit-on, une Anglaise au moment de coucher pour la première fois avec son époux, pensez que c'est pour votre pays !

— Je ne suis pas encore dans le lit de Gates…

Pourvu, en tout cas, que je ne termine pas comme la fameuse espionne ! songeait Dominique en coupant la communication.

De loin, elle aperçut sa « victime » qui sirotait son cocktail, sa bedaine débordant d'un tabouret aussi étroit que haut. Pas vraiment appétissant…

35

LE DÉJEUNER n'avait pas été désagréable pour Dominique. Si Gates n'était pas vraiment beau, sa conversation était passionnante. Cet homme savait tant de choses, avait vu tant de gens depuis le début de sa carrière d'espion, qu'il pouvait captiver l'auditoire le moins réceptif. Sa façon directe, souvent crue, de conter des anecdotes croustillantes sur les grands de ce monde qu'il avait rencontrés, ou dont la C.I.A. s'était occupée, faisait oublier le peu de charme qui émanait de sa personne. La jeune femme avait l'impression d'entrer à sa suite au cœur du monde fascinant des services secrets. Ce qu'elle entendait dans ses fonctions auprès de la direction allemande d'EURAERO n'était rien à côté de ce que Gates lui révélait. Si bien qu'elle n'avait pas eu à se forcer pour paraître passionnée.

Son instinct féminin lui confirmait d'autre part l'intérêt tout particulier qu'il portait à sa petite personne. Elle ne correspondait certes pas aux critères de la beauté américaine, mais son petit minois et cet air de constante gaîté qu'elle arborait plaisaient visiblement à Gates. Celui-ci esquissa quelques gestes gauches, comme de lui prendre la main qu'elle retira doucement. Il lui fit des compliments parfaitement banals sur sa charmante vivacité de Française délurée, qu'elle accepta d'un sourire, et il se laissa aller à certaines confidences qu'un bon agent secret aurait dû éviter, même s'adressant à une personne supposée fiable. Elle le lui fit remarquer. D'un signe, il manifesta qu'il s'en moquait. Sa timidité, ses maladresses, cet excès de confiance la surprenaient chez un homme de cette dimension, et Dominique comprit que le stratège de la C.I.A. commençait sérieusement à en pincer pour sa petite personne. *Un vrai coup de foudre ! Il se comporte comme un gamin amoureux. Un gamin de plus de cinquante ans ! Peut-être le démon de midi*, pensa-t-elle. *Laffitte avait vu juste. Il va être content quand je lui raconterai les avances de Gates...*

Elle entra dans le jeu, un peu, pas trop, juste assez pour que l'homme ne se sente pas repoussé. Émoustillé, au contraire. Les femmes savent comment faire. Lorsque son chauffeur vint lui dire qu'il était temps de regagner l'héliport de Monaco pour ensuite attraper à Nice l'avion de l'Air Force pour Washington, Gates était définitivement sous le charme. Il avait invité Dominique à venir le voir aux États-Unis. « Pour parler de nos affaires, naturellement, avait-il dit avec un sourire contraint. Mais je vous ferai aussi découvrir notre belle capitale. »

Elle tint à l'accompagner jusqu'à sa voiture. Il marqua soudain un arrêt, à la barrière délimitant l'enclos réservé du Beach.

« Tiens, vous êtes là ? » Gates s'adressait en anglais à une superbe blonde qui venait de descendre d'un taxi. Une Américaine, évidemment. Californienne, sans doute. Très belle et très sexy dans sa mini-robe échancrée. « Je pensais vous voir à mon bureau, pas à Monaco. » Le ton était tout juste amène. Mais l'intéressée ne se démontait pas :

« Monsieur, vous m'aviez annoncé cette réunion dans la Principauté. J'ai cru que vous souhaitiez la présence de la journaliste spécialisée que je suis devenue grâce à vous. Afin de nourrir mes prochains articles. Mais apparemment, je suis arrivée trop tard. »

L'ironie perçait dans les propos de l'Américaine. Gates était rouge de colère, mais il tenait à faire bonne figure devant Dominique, à ne pas sembler pris au dépourvu. « Oui, bon. J'avais oublié. » Comme si cet homme oubliait parfois quelque chose. « Eh bien, vous voyez que je m'en vais. » Puis, à voix basse pour ne pas être entendu de témoins éventuels : « Je vous laisse en compagnie de Dominique Reichman, une Française qui travaille à la communication d'EURAERO en Allemagne. Elle sait beaucoup de choses… Dominique, voici Helen Mac Cready, un de mes meilleurs agents, qui, en se faisant passer pour une journaliste d'aéronautique, nous a beaucoup aidés pour déstabiliser la direction française de JetAir. Vous voyez, vous êtes faites toutes les deux pour vous entendre. » Sans plus d'explications, il monta dans sa voiture.

Helen fut la première à réagir. Son éducation, sans doute, ou l'assurance que leur nationalité donne souvent aux Américains. « Eh bien, puisque Gates nous a jetées dans les bras l'une de l'autre, allons bavarder, si vous le voulez bien. » Elle mit sans façon son bras sous celui de Dominique.

Leur entrée dans le bar du Beach ne passa pas inaperçue. On aurait difficilement pu imaginer deux jeunes femmes plus différentes. La grande, mince et blonde Américaine, moulée dans sa mini-robe découvrant ses longues jambes bronzées, et la brune petite Française, au charme piquant, dont le peignoir de bain cachait à peine les formes rondes…

ni les coups de soleil qu'elle avait attrapés. « On nous regarde, chuchota Helen. Croyez-vous que ce soit parce que nous sommes bien assorties ? Venez, trouvons un coin tranquille. »

L'instant d'après, installées devant un Coca-Cola, les deux femmes conversaient tranquillement. D'emblée, un courant de sympathie était passé entre elles. Il ne leur fallut pas très longtemps pour tout connaître l'une de l'autre. Sans complexe, Helen conta à sa nouvelle amie les déboires que la mission confiée par Gates lui avait valus. Dominique fut particulièrement intéressée par la façon dont le maître espion s'était servi d'Helen pour circonvenir Loriot, lui faire accomplir les manœuvres qu'il avait imaginées, avant de l'abandonner purement et simplement à son triste sort. « Le pauvre a, si vous me permettez l'expression, littéralement explosé en vol. Certes, il est aussi naïf qu'il est intelligent. Mais tout de même. Le voici aux prises avec la justice française, et personne pour le soutenir. Il mérite mieux que ça ! »

Helen avait dit ces mots sur un tel ton que Dominique eut l'intuition qu'entre sa nouvelle amie et Loriot autre chose avait existé qu'une simple complicité. Autre chose, d'ordre sentimental. Elle se crut autorisée à lui poser la question. « Vous voulez savoir si je me suis éprise de ce grand gosse génial ? répondit Helen. Pourquoi le nierais-je ? D'ailleurs, Gates le sait. Et ce cynique s'en amuse. Il m'a dit crûment que je n'étais pas payée par la C.I.A. pour tomber amoureuse des hommes que je dois "traiter"… Quand je pense que dès le début, il m'avait presque encouragée à coucher avec lui ! Maintenant, il me dit de le laisser tomber. Il est persuadé que cela ne me fera rien… Mais moi, je ne peux pas. »

Un peu surprise par ces confidences très personnelles – après tout, elles ne se connaissaient pas deux heures auparavant –, Dominique fut frappée par la sincérité de la pseudo-journaliste. Et touchée par son chagrin. Elle décida de lui faire confiance. L'Américaine ne lui jouait pas la comédie. Elle-même fut prise d'envie de l'aider. Peut-être la mission que venait de lui confier Laffitte, provoquer Gates, lui permettrait-elle de le faire. Mais elle résolut de ne rien dire à Helen. Pas avant d'en avoir parlé au responsable du SGDN.

Les deux femmes échangèrent leurs adresses, conscientes qu'une véritable complicité était née entre elles. N'avaient-elles pas désormais un ennemi commun ? Avant de se séparer, elles jurèrent de se revoir bientôt. Ne travaillaient-elles pas sur la même affaire ? Dominique rentrait à Munich, et Helen se rendait à Paris, avant de regagner les États-Unis. Elle voulait revoir Loriot, peut-être pour la dernière fois.

— Vous n'imaginez pas qui je viens de quitter, dit Dominique, quand elle eut Laffitte au téléphone.

— Gates, évidemment. Ne me faites pas perdre mon temps.

— Oui, mais pas seulement lui.

Elle raconta brièvement sa rencontre avec Helen Mac Cready et les confidences qu'elle en avait recueillies.

— Je n'ai pas le sentiment de la trahir en vous en parlant. Elle en a tellement gros sur le cœur que je voudrais pouvoir lui venir en aide.

— Ne devenez pas sentimentale. Pensez que vous devez avant tout vous occuper de Gates. On verra ce qu'on peut faire pour que ce Loriot dont, apparemment, votre Helen est tombée amoureuse, ne souffre pas trop de la justice de notre pays (*bien que*, se dit-il in petto, *il ait tout à fait mérité ce qui lui arrive*). En tout cas, votre rencontre peut se révéler très utile. Je vous en reparlerai. À bientôt, Dominique-Mata Hari.

Dans ce qu'il commençait à considérer comme un duel l'opposant à Gates, il avait maintenant deux précieuses alliées.

36

DEBOUT DEVANT l'immense glace qui occupait tout un mur de son bureau toulousain, entre deux petits meubles où une série de photos glorifiaient son passé dans l'armée allemande, Werner Summers contemplait avec complaisance son propre reflet. Le miroir lui renvoyait une image qu'il aimait bien, celle d'un homme aux cheveux blonds coupés court, aux yeux bleus très mobiles, et à l'allure martiale. *Un chef*, pensait-il…

De retour de Monaco, et s'étant naturellement débarrassé de l'absurde déguisement qu'il avait cru bon arborer pour échapper à la vigilance des services secrets français – sans se faire trop d'illusions, d'ailleurs : il connaissait leur efficacité et se savait sous constante surveillance -, le coprésident d'EURAERO réfléchissait aux prochaines actions à mener. Il se revoyait, tout au début de l'aventure, discutant avec Jean-Luc Lagardère et son équipe, Olivier, Loriot, de la création de la société, et bataillant ferme pour accroître la présence des Allemands dans le management. La protection de Herman Gunthart, le président de Daimler, lui donnait déjà une autorité dont les Français devaient bien tenir compte dans la mise au point de cette direction

« lasagne », une couche allemande, une couche française. Il avait compris, dès ce moment-là, que ce système compliqué ne pourrait fonctionner que tant que Jean-Luc Lagardère, en vertu de l'accord secret qu'il avait passé avec ses « alliés », tiendrait les rênes. S'il venait à disparaître…

Ah, ces Français, se disait-il une fois de plus. *Et ce Grignon qui prétend toujours que nous n'avons pas en Allemagne suffisamment de personnel qualifié dans l'aéronautique ! Oublie-t-il que nous avons une aussi longue tradition que la France dans ce domaine ?*

Il le leur avait fait bien voir, à ces Français prétentieux, qu'il n'était pas là pour servir leurs intérêts, mais pour redorer le blason des ailes teutonnes. Autoritaire, froid et calculateur, il avait résisté à toutes les pressions extérieures, celle de l'Élysée en particulier qui aurait bien voulu le voir partir d'EURAERO, mais qui avait dû reculer devant la réaction du gouvernement de Berlin. N'avait-on pas dit que Summers allait devenir ministre de la Défense de la République fédérale ?

Je suis intouchable, conclut-il pour lui-même, avant de sonner sa secrétaire, une Allemande, cela va de soi. Une secrétaire, plutôt une collaboratrice parfaitement trilingue, qui avait en outre mission d'écouter ce qui se disait dans l'immense usine.

— Mademoiselle, quelles sont les dernières nouvelles ?

— Elles ne sont pas très bonnes, monsieur. Les problèmes de câblage du Superliner enveniment sérieusement les relations avec les Français. En tout cas, comme vous le saviez déjà avant votre voyage, les retards pris par l'avion seront plus importants que prévu.

— Est-ce que cette information circule dans l'entreprise ?

— Bien entendu. Cela commence à grogner dans les ateliers. Français et Allemands se regardent presque comme des ennemis. Il est vrai, se permit-elle d'ajouter, que vos récentes décisions n'ont pas contribué à calmer le climat.

Silencieux, Summers refit en esprit le chemin parcouru. Comme l'on était loin, en effet, de l'euphorie qui avait suivi les premières victoires de la société, et surtout de cette année 2005 où les ailes européennes avaient installé leur suprématie dans les airs : le Superliner, l'avion miracle, le fleuron des fleurons, qui prenait son essor, un hélicoptère aux couleurs d'EURAERO qui se posait sur l'Everest, les commandes des différents modèles de JetAir qui dépassaient les deux mille… Et Olivier qui décidait de s'en aller, mettant un terme – tout provisoire, certes – à la guerre des chefs… *Le seul problème est son remplacement par « mon ami » Grignon…*

La conjoncture s'était inversée. Boeing reprenait du poil de la bête, le dollar fléchissait, et JetAir, placé depuis peu sous la direction d'un Allemand, Gustav Muller, était devenu déficitaire. Rien de tout cela n'étonnait Summers, et pour cause. À qui lui en parlerait, il continuerait de soutenir *mordicus* que les incidents techniques graves qui s'étaient produits étaient parfaitement fortuits, et n'étaient dus qu'à l'incompréhension entre les deux « parties », l'allemande et la française. Tant pis si Grignon montrait du doigt l'usine d'Hambourg. Celui-ci ne venait-il pas de déclarer son étonnement devant le fait que tous les établissements du groupe, engagés dans la réalisation du Superliner, réussissaient à tenir leur tableau de marche, tous sauf Hambourg ? Comment se fait-il, disait Grignon, que le président de

JetAir et la direction de l'usine en question n'aient pas signalé à temps les incompatibilités de logiciels ?

« Il commence à m'ennuyer sérieusement, celui-là. Je ne lui laisse pourtant que le contrôle administratif de l'ensemble ! Il va s'y engluer, pesta Summers. Mais que d'opportunités la situation présente pour nous ! Je vous remercie, dit-il à sa collaboratrice. Je vous dicterai tout à l'heure un mémorandum confidentiel. »

Il était résolu à profiter du désarroi régnant dans l'entreprise pour y rééquilibrer à son profit les compétences. Il entendait développer ailleurs les services fonctionnels d'EURAERO. Ne resteraient pratiquement en France, comme responsables, que Grignon et Sureau, un survivant des *Lagardère's boys*, en charge des problèmes commerciaux.

Au fond de lui-même, Summers savait qu'il ne s'en tiendrait pas là. « EURAERO, disait-il parfois, doit cesser d'être une société européenne et regarder vers les États-Unis, ne serait-ce qu'en raison de la faiblesse du dollar par rapport à l'euro. Vous verrez qu'un jour, le Superliner sera construit là-bas... »

37

« VOUS AVEZ VU ce qui se passe ? Je crois qu'il y a pour nous une fenêtre de tir, comme disent les experts en missiles ! » Pomarède, le patron de la DST, avait demandé à Laffitte, avec les précautions d'usage, de le retrouver dans un café discret du septième arrondissement. Ancien officier de cavalerie, il ne dédaignait pas de recourir au langage militaire…

L'homme du SGDN fit l'étonné. En réalité, il devinait la raison de l'appel de son confrère en services secrets. Si Pomarède était renseigné par les moyens traditionnels, il avait, lui, dans la place, une informatrice toute particulière, Dominique Reichman, qui le tenait maintenant régulièrement au courant de ce qui se passait à l'état-major d'EURAERO, et notamment de ce que tramait Summers. Sa « Mata Hari », comme il se plaisait à la nommer, avait en outre accès, grâce à Gates qui l'accablait désormais de coups de téléphone, aux commentaires du maître espion américain. Il était clair que les difficultés que connaissait EURAERO s'étaient amplifiées et que les retards du nouvel avion risquaient de devenir considérables.

— Je vous parle, poursuivait Pomarède, des bruits qui courent dans l'entreprise. Il semble que les dirigeants ne maîtrisent plus tout à fait la situation. Certains d'entre eux songent à préserver leurs intérêts personnels, en vendant tout ou partie des actions qu'ils possèdent avant que le cours de la Bourse ne s'effondre. J'ai vérifié : depuis le mois de mai, des millions de titres sont apparus sur le marché.

— Voilà qui est intéressant, répondit Laffitte, en sirotant la Bénédictine que le serveur venait de lui apporter.

Il aimait ces boissons un peu, ou totalement, passées de mode, les Fernet Branca, les Picon ou les Cinzano. Malheureusement, ils étaient peu nombreux à Paris, les cafés où l'on pouvait encore trouver ces merveilles délicieusement alcoolisées. Au moins, elles avaient du goût. Pas comme ce whisky qui avait tout balayé, à son plus grand regret. Un côté suranné qui d'ailleurs ne déplaisait pas à Pomarède.

— D'après ce qu'on me dit, il se passe en effet quelque chose de louche. Mais si ces bruits se vérifient, que pensez-vous qu'il soit possible de faire, demanda-t-il.

— Oh, c'est très simple. Nous pouvons discrètement, et indirectement, mettre en alerte l'autorité de surveillance des marchés. Imaginez qu'elle puisse découvrir un délit d'initiés, quel formidable coup de pied serait donné dans la fourmilière qu'est devenue EURAERO !

— Certes. Mais vous mesurez le danger d'une telle opération ? Imaginez qu'il n'y ait que des Français à se rendre coupables d'une telle erreur, ne serait-ce pas donner aux Allemands des raisons supplémentaires d'affaiblir la partie française ?

Pomarède réfléchit à l'objection de son « collègue ». Était-il possible que les uns restent « propres » quand les autres se mettraient à engranger des plus-values considérables ? « Je n'y crois pas », murmura-t-il comme pour lui-même. Puis à haute voix : « Les hommes sont les hommes. Peu résistent à l'appât du gain facile, quand une occasion se présente. Et je ne suis pas persuadé que les Allemands soient plus vertueux que les Français, et résistent mieux à la tentation, même quand ils paraissent avoir des motivations patriotiques. »

Laffitte hocha la tête en signe d'approbation. Lui non plus ne croyait pas au désintéressement parfait. De son côté, il avait appris, par Pierre Klein et la filière franc-maçonne, que la question s'était posée au sommet de l'État, certaines personnes en charge du dossier conseillant discrètement de vendre les actions que celui-ci possédait encore dans EURAERO. Le ministre des Finances avait prudemment refusé d'entrer dans ce jeu, fût-ce au nom des bénéfices que la Bourse nationale pouvait en tirer.

— Si les ventes continuent, l'Autorité des marchés financiers sera inévitablement alertée par les voies normales, celles de la surveillance quotidienne de la Bourse ?

— Sans doute. Mais pourquoi ne pas lui faciliter la tâche ?

— Je ne sais pas si c'est bien notre rôle, dit rêveusement Laffitte. Vous vous rendez bien compte que le coup sera terrible et aura des répercussions sur le plan politique. Ne faudrait-il pas, en tout cas, prendre certaines assurances de ce côté ? D'après ce que je sais, le scandale, s'il doit y avoir scandale, va toucher quelques-uns des principaux dirigeants d'EURAERO. Et je vous rappelle que certains sont très liés au pouvoir actuel.

Il n'ajouta rien, mais il vit, à l'expression amusée de Pomarède, que celui-ci avait fort bien compris. « Actuel » ne veut pas dire « éternel ».

— Il a déjà sur le dos l'affaire European finances, dit le patron de la DST. Ce qui n'est pas simple à gérer. Car le… pouvoir « futur », comme vous ne dites pas, ne lâche pas le morceau.

— À ce propos, puisque les deux dossiers sont liés, par la force des choses, pouvez-vous m'indiquer où en est cette affaire ?

— Oh, c'est tout à fait simple. L'instruction suit son cours. Le pouvoir « actuel », comme vous dites, est bien embêté. Il a cru, poussé par Loriot, qu'il pouvait barrer la route au… pouvoir « futur », mais son attaque a fait « pschitt », et le « pouvoir futur » a politisé l'affaire au maximum. Ce qui devait arriver est arrivé : Loriot pour se disculper a déclaré au juge avoir évoqué l'affaire avec Villepin quand celui-ci était au quai d'Orsay, et avoir sur son ordre prévenu la justice, avec l'aval du président de la République. Vrai ou pas vrai, le résultat est là : Loriot est *out*, et Villepin risque bien de l'être bientôt lui aussi.

— *Out*, cela veut dire mis en examen ?

Pomarède ne put que le confirmer.

— En somme, conclut Laffitte, la route s'est dégagée devant… le futur du pouvoir ?

— C'est bien ça ! Je crois que l'on peut lever notre verre à la santé de celui-ci.

Laffitte n'avait plus de doute : Pomarède ferait en sorte que le délit d'initiés éclate au grand jour. Très vite…

38

LE HAUT RESPONSABLE chargé de l'Intelligence économique s'était gardé de faire allusion aux relations étroites qui s'étaient établies entre Gates et Dominique Reichman. On ne se dit pas tout, même entre « complices » intéressés. Il s'étonnait encore, d'ailleurs, que l'espion américain, dont la réputation était devenue universelle, pût ainsi se livrer entièrement à une personne que, finalement, il connaissait fort peu, et dont il savait seulement qu'elle avait apparemment la confiance de « leur » Summers. Mais il n'ignorait pas que les cerveaux les mieux organisés peuvent être aveuglés par une passion comme celle que Dominique semblait avoir inspirée à Gates. « Cette fille est décidément une perle rare. »

Il était venu à Laffitte une petite idée. Conscient d'être en quelque sorte engagé dans un duel avec son homologue américain (*homologue, peut-être, mais tellement plus puissant*, corrigeait-il pour lui-même), le Français s'était demandé si Gates accepterait de le rencontrer. Secrètement, bien sûr. Pourquoi pas à l'occasion d'un rendez-vous que lui donnerait Dominique ? L'horreur de Gates pour les voyages lointains était bien connue dans les milieux internationaux, mais que l'amour ne fait-il pas faire ?

Pas question cependant de le prendre en traître. Au contraire, Dominique suggérerait à l'homme de la C.I.A. de venir à Paris, ou n'importe où en France, pour rencontrer Laffitte et, bien sûr, elle serait heureuse de passer avec lui d'excellents moments… L'appât était peut-être un peu gros. Après tout, cela amuserait sans doute Gates de retrouver un « collègue » qu'il avait déjà croisé sur les chemins des services secrets, et de lui montrer à quel point l'Amérique s'était jouée des Français. Une leçon d'espionnage, en quelque sorte.

C'est donc sans trop de surprise qu'il apprit par Dominique-Mata-Hari, *mon agent double préféré*, se disait-il parfois, que Gates avait mordu à l'hameçon et projetait de venir en France, incognito.

Les événements s'étaient précipités depuis le dernier entretien que Laffitte avait eu avec Pomarède. L'Autorité des marchés, qui avait déjà l'œil sur les dérèglements boursiers autour d'EURAERO, avait reçu, comme par miracle, des informations anonymes sur les ventes massives de titres par des membres de la direction de la société. Pomarède avait fait le nécessaire… Le cours de l'action avait brutalement décroché. L'affaire des initiés était donc devenue un scandale national, et la première victime expiatoire avait été Grignon.

Celui-ci avait été obligé de démissionner, et Jacques Robert, un homme qui avait participé au redressement voulu par de Gaulle de l'industrie aéronautique française, avant d'aller exercer ailleurs ses talents de chef d'entreprise, avait été nommé à sa place. Il devait faire tandem avec Summers, qui se présentait lui-même comme un parangon de vertu. En fait, le malheureux Robert, que Summers entourait de prévenances, mais qu'en privé il nommait avec dérision, en citant Lénine, « l'idiot utile », devait se débattre avec les graves difficultés nées des retards du Superliner.

Il semblait que plus rien n'arrêterait la germanisation de la société, le secteur Défense-Sécurité ayant vu, lui aussi, s'installer un responsable allemand. Robert excepté, il n'y avait plus que le secteur des missiles qui conservât un dirigeant français.

« Attendez, ce n'est pas fini, avait dit Pomarède à Laffitte qui s'inquiétait tout de même de voir que les Allemands semblaient échapper aux soupçons dans le dossier du délit d'initiés. Il ne faudrait tout de même pas que les grandes manœuvres politiques se retournent contre leurs initiateurs… »

Laffitte avait le sentiment que cette formidable affaire déclenchée de Washington par Gates et la C.I.A. arrivait à un tournant décisif. Rien n'était encore complètement joué, même si les Allemands paraissaient avoir partie gagnée. Le fait qu'il ait pu percer complètement les desseins des Américains allait peut-être lui donner, et avec lui à la France, la possibilité de reprendre la main. Il savait d'autre part par Pierre Klein que les responsables francs-maçons, des deux côtés de l'Atlantique, s'inquiétaient de la désorganisation en cours de l'univers aéronautique. Il avait appris que la cellule internationale de coordination des obédiences, après avoir au début suivi avec intérêt l'opération « Back to the leadership » des Américains, dans la mesure où elle avait pour but de rétablir un équilibre mondial que les progrès européens risquaient de compromettre, voyait désormais d'un mauvais œil le tour qu'avaient pris les choses. Une réunion de la cellule venait de se tenir à New York, avec des représentants des obédiences françaises, et les participants, tous hauts dignitaires, avaient conclu qu'il serait regrettable de remplacer un déséquilibre par un autre…

C'est en pensant au rôle que jouait la franc-maçonnerie dans les déterminations de la société mondiale que Laffitte allait au rendez-vous de son « meilleur ennemi », le fameux John P. Gates. C'est Dominique Reichman qui l'avait organisé. L'un de ses amis possédait une propriété dans la forêt de Rambouillet, et l'endroit lui avait paru convenable pour recevoir celui dont elle avait mission de faire son amant, et accessoirement placer face à face deux des plus grands spécialistes mondiaux de l'Intelligence économique. C'était un petit manoir, caché dans les bois, à plusieurs kilomètres de toute agglomération. Le propriétaire, un haut magistrat de la Cour de Cassation, avait accepté de le mettre à la disposition de Dominique pour un week-end, sans poser de questions. La discrétion était en quelque sorte son métier…

Gates était arrivé la veille, seul, en taxi, sans escorte. Personne à Langley n'avait osé lui demander pourquoi il avait décidé de prendre quelques jours de repos. On ne posait pas de questions à un tel homme, surtout auréolé par le succès de la vaste opération qu'il avait menée. Il avait voyagé sous un nom d'emprunt, avec un faux passeport tout ce qu'il y a de plus vrai, et les multiples précautions qu'il avait prises, notamment en se rendant au volant d'une voiture de location à l'aéroport de Washington-Dulles, sur les 42 kilomètres de l'Access Highway, devaient avoir suffi à déjouer une hypothétique surveillance. Mais qui songerait à surveiller aux États-Unis le « surveilleur » numéro 1 ?

Il se croyait revenu au bon temps de ses débuts, quand la Compagnie envoyait le jeune agent qu'il était effectuer des missions aussi confidentielles que dangereuses de par le vaste monde... et au cours desquelles il avait contracté son horreur de l'avion. À Roissy, personne n'avait semblé accorder une particulière attention à cet Américain rondouillard, dont l'air tranquille et débonnaire avait de quoi rassurer le douanier le plus soupçonneux. Il avait même poussé le détail jusqu'à porter un appareil photo en bandoulière. Le parfait touriste, quoi...

En cette fin de matinée brumeuse, Dominique à ses côtés, il se tenait debout sous le portique d'entrée du manoir, regardant Laffitte arriver dans sa voiture noire. Ce dernier avait son chauffeur-garde du corps, en qui il avait une totale confiance. L'homme de la C.I.A. s'avança, un grand sourire aux lèvres. Dans son français un peu nasillard, il lança à son « confrère » : « Bienvenue chez vous ! Vous voyez, c'est moi qui vous accueille... »

La jeune Française ouvrait grand les yeux, au spectacle littéralement inouï de la rencontre de ces deux hommes, de ces deux célèbres spécialistes du renseignement qui se saluaient comme deux vieux amis. Elle s'était dit, avant de connaître Gates à Monaco, qu'ils se ressembleraient en quelque chose, une marque distinctive propre à ce métier si particulier. Mais rien, vraiment, de commun dans leur physique, ni plus largement dans leur apparence. Elle le constatait encore aujourd'hui. Laffitte, malgré un léger embonpoint dont il déplorait l'accroissement, gardait une allure svelte, et son élégant costume trois pièces montrait le soin qu'il prenait de sa personne. L'Américain, au contraire, manifestait par son accoutrement le peu de cas qu'il faisait des conventions vestimentaires, et sa bedaine sortait de son bermuda orange. Dominique se promettait, si leur aventure continuait, de lui apprendre à s'habiller…

— Savez-vous depuis combien de temps nous ne nous sommes vus ? interrogeait Laffitte, tout sourire, heureux, malgré leur rivalité, de retrouver celui qui était devenu un mythe dans le milieu fermé des agents secrets. J'ai regardé dans mes archives… La dernière fois, c'était au Liban, quand vos soldats et les nôtres avaient été victimes presque simultanément des terroristes du Hezbollah.

— Plus de vingt ans déjà, dit rêveusement Gates. Nous n'étions encore que des débutants ! Que de chemin depuis, pour nous deux…

Prenant familièrement le Français par le bras, il l'entraîna à l'intérieur de la ferme. Dominique, discrètement, disparut à l'étage. Il fallait laisser seuls les deux hommes mais elle se promettait bien d'avoir, de l'un ou de l'autre, un compte rendu de cette fascinante rencontre. On est agent double ou on ne l'est pas…

39

IL NE FAISAIT pas très chaud. Dominique avait demandé au gardien de la demeure de préparer un feu dans la grande cheminée. C'est Gates qui y mit lui-même l'allumette, avant de rejoindre Laffitte, déjà installé derrière la table de salle à manger en bois massif.

— J'ai été un peu surpris de votre invitation, mais Dominique a été convaincante. Je ne sais pas comment elle s'arrange avec son patron.

— Ah oui, le fameux Summers, l'interrompit Laffitte en souriant.

— Je vois que vous connaissez l'organigramme d'EURAERO... Je vous disais donc que j'avais été surpris. En vérité, pas tellement. Moi-même j'ai eu à différentes reprises envie de vous rencontrer. À partir du moment où j'ai compris que... vous aviez compris ce que j'avais entrepris. À la différence des autres Français, dans leur aveuglement orgueilleux. Il me tardait, en fait, de vous montrer mon dessein dans toute son ampleur. Il n'y a guère qu'un connaisseur de votre trempe pour l'apprécier à sa juste valeur.

— Je vous remercie, cher ami, de me considérer comme votre égal. C'est trop d'honneur me faire... J'aimerais en effet que vous me disiez tout, depuis le début.

— OK. Ce sera long. Mais nous avons le temps, m'a dit Dominique.

Gates entreprit alors de conter une fantastique aventure, depuis sa genèse.

« Il y a plus de dix ans, commença-t-il, l'un des deux membres du "duopole" de l'aéronautique mondiale bousculait l'équilibre qui s'était peu à peu établi. JetAir prenait 55 % du marché, au détriment de Boeing. Cela n'était pas tolérable. C'est alors que fut décidée par la Compagnie, en accord avec le département de la défense américaine, l'opération "Back to the leadership". »

Gates rappela qu'au même moment, un groupe français, dirigé par un audacieux capitaine d'industrie, Jean-Luc Lagardère avait fait irruption dans l'aéronautique. Appuyé par le gouvernement de Paris, il invitait les Allemands à construire avec lui un ensemble aéronautique et spatial européen. Ce qui convenait tout à fait aux Américains. L'Allemagne était remise dans le jeu, et les structures anciennes étaient aussitôt emportées dans une série de turbulences. Le maître espion décrivit complaisamment les démêlés au sein des dirigeants français, en particulier après la mort de Lagardère.

Laffitte l'interrompit : « Une question, juste pour savoir... Êtes-vous pour quelque chose dans cette disparition ?

Embarrassé, Gates réfléchit avant de répondre. « Que vous dire ? Directement, non. Mais je reconnais qu'elle ne nous dérangeait pas... S'il était resté vivant, il est vraisemblable que nous aurions rencontré beaucoup plus de difficultés. »

Puis il retraça les derniers événements survenus, notamment les retards dans la fabrication du Superliner et les débordements sur le terrain politique. Mais Laffitte était moins intéressé. Il savait tout cela. Il attendait plutôt de Gates qu'il lui parlât des enjeux industriels et technologiques, au niveau planétaire, que cette formidable bataille représentait.

« Je les résumerai en une formule, répondit celui-ci avec emphase. La troisième guerre mondiale a commencé. Ce ne sera pas un affrontement militaire, mais une véritable guerre tout de même, pour la suprématie dans le domaine de l'air et de l'espace. Qui tient les airs, qui domine l'atmosphère, est le maître de l'univers. Tout le reste devient secondaire. Tant que les Chinois voleront "américain", ils ne pourront rien contre nous. »

Il montra que tous les pays développés ou émergents du monde veulent leur part du gâteau, en particulier les emplois générés par ces activités à très haute valeur ajoutée qui ont connu un doublement en quelques années. Les grands pays acheteurs, ceux du Golfe, assis sur leurs pétrodollars, la Russie, la Chine bien sûr, ne veulent plus être seulement des clients mais des acteurs. Il souligna que le jeu capitalistique étant ouvert, les Russes, par exemple, achètent des actions d'EURAERO, les Chinois obtiennent la construction d'une usine JetAir à Pékin, et Dubaï dispose de deux mille milliards de dollars qu'elle veut investir dans l'aéronautique. Sans parler du Qatar, aux dents longues, ou d'Abou Dhabi, qui commandent des Superliner à tout va...

« C'est une bataille de géants qui s'est engagée, où le dollar constitue une arme décisive. Elle va connaître de stupéfiants développements. Vous verrez naître des *hubs* gigantesques, Dubaï, Bangkok, Shanghaï. Vous assisterez à une incroyable compétition de l'intelligence, de l'argent aussi : les coûts des nouvelles technologies, en croissance exponentielle, dépassent les capacités des États. La pénurie de kérosène d'ici dix ou quinze ans pourrait donner aux pays producteurs un avantage considérable dans le contrôle des airs, etc. Vous comprenez pourquoi les États-Unis ne pouvaient laisser l'Europe prendre le dessus, ni se laisser dominer dans la création d'emplois de haute technologie. C'est pourquoi, pour l'opération que j'ai initiée, j'ai tenu à ce que des pays comme la Russie, la Chine, ceux du Golfe aussi, participent à nos réunions. Pourquoi, enfin, dans la gigantesque manipulation que nous avons montée, les morts réelles, politiques ou économiques – je pense à certains de vos dirigeants – ne nous font ni chaud ni froid… Ce qui compte pour nous, c'est que l'Amérique soit revenue au premier plan, en utilisant les Allemands, et qu'elle contrôle en réalité la construction aéronautique mondiale, avec la technologie et les emplois afférents. Car ne vous faites pas d'illusions : les emplois JetAir vont peu à peu devenir des emplois "américains". »

Laffitte contemplait, perplexe, son interlocuteur. Il l'avait vu, non sans quelque étonnement, s'échauffer à mesure qu'il exposait les dimensions planétaires de son entreprise. Ce n'était plus un spécialiste de l'espionnage industriel exposant à un « confrère » les résultats de ses manœuvres. C'était une sorte de visionnaire, plutôt un homme se croyant investi d'une mission planétaire et manipulant à sa guise les hommes et les États. À moins qu'il ne s'agisse simplement d'un mégalomane… Sa façon de dire « je »… Du coup, le Français regarda autrement son « confrère ».

L'admiration qu'il lui portait se transformait peu à peu en une sorte d'effroi devant tant d'orgueil, tant de détermination à organiser le monde selon sa volonté.

Gates lut le changement dans les yeux de Laffitte. Il interrompit son monologue enflammé, et eut comme une moue d'excuse : « Peut-être vous ai-je ennuyé avec mes vaticinations. Si vous voulez, nous allons appeler Dominique, et déguster le repas qu'elle nous a préparé. Cette délicieuse Française a toutes les qualités. Nous parlerons d'autre chose que d'avions ou de révolution universelle… »

Le déjeuner achevé, Laffitte précipita son départ. Il ne réussissait pas à dominer le malaise que le discours de Gates avait provoqué chez lui. Comme le lui avait dit Pomarède, cet homme était devenu un véritable danger. « Pour nous, certes. Mais aussi, me semble-t-il, pour ses employeurs », cria-t-il presque dans la voiture qui le ramenait à Paris. Le chauffeur tourna la tête, mais le « patron » souriait.

Il savait ce qu'il avait à faire. Il se demandait simplement s'il devait avertir le pouvoir politique de ses intentions. « Il sera temps de le faire quand le “futur”, comme dit Pomarède, sera devenu le “présent” », décida-t-il.

40

« COMMENT S'EST PASSÉE la fin de votre séjour en forêt de Rambouillet ? Notre Gates est-il satisfait de votre prestation ? » Laffitte avait appelé Dominique Reichman, rentrée en Allemagne, pendant que Gates retraversait l'Atlantique après lui avoir fait promettre de venir très vite le retrouver aux États-Unis.

Elle n'aimait pas le ton employé par l'homme du SGDN. « Si vous me le permettez, je n'entrerai pas dans les détails, répondit-elle un peu sèchement. Je vous dirai seulement que "votre" Gates est follement amoureux de ma petite personne. Comme vous l'avez souhaité, je vous le rappelle. » Elle ajouta tout de même, pour adoucir son propos :

— Après votre départ, il était tellement excité que je n'ai pas pu résister à ses assauts. Mais soyez rassuré, je ne me suis pas prise moi-même au jeu. Un bon petit soldat comme moi connaît l'art de la simulation... Avec mes Prussiens, j'ai l'occasion de le mettre en application, ajouta-t-elle gaiement.

— L'essentiel, c'est qu'il croit que vous partagez ses sentiments... Si je vous comprends bien, c'est le cas. Qu'il le croie, je veux dire... Bon, venons-en aux choses sérieuses, c'est-à-dire à l'exploitation de vos méritoires efforts. Êtes-vous restée en contact avec Helen Mac Cready ?

— Bien sûr. Nous nous appelons souvent. La pauvre est bourrée de remords. Elle ne se pardonne pas le mal qu'elle a fait à Loriot, et voudrait bien pouvoir le venger. Je lui ai conseillé de ne rien laisser transparaître dans ses contacts avec Gates.

— Vous avez eu raison. Mais maintenant, vous allez lui donner l'occasion d'assouvir cette vengeance. Voilà ce que vous allez faire.

Et Laffitte d'exposer à la jeune femme le plan qu'il avait imaginé, en se fondant sur l'état d'esprit de l'Américaine, que le sort réservé à Loriot avait apparemment bouleversée. Au point, espérait le spécialiste de l'Intelligence économique, d'oublier ses devoirs de membre de la C.I.A. Il s'agissait de demander à Helen de répandre le bruit que le très célèbre et très rigoureux Gates était tombé dans les filets d'une petite Française, une employée de cette société EURAERO qu'il avait pour mission de déstabiliser. Avec tous les risques que cette amourette, un peu ridicule de surcroît pour un homme de son âge, représentait pour l'accomplissement de sa mission. Au long de sa carrière, Gates s'était évidemment fait un maximum d'ennemis qui ne manqueraient pas de faire des gorges chaudes sur ce maître espion qui se laissait avoir comme un débutant…

Dominique trouva en Helen l'oreille attentive que Laffitte souhaitait. Celui-ci put constater, par les antennes qu'il avait réussi à placer au sein de la C.I.A., que son plan marchait parfaitement. Helen n'avait pas eu à beaucoup se démener pour que l'information sur la bonne fortune de Gates courre les bureaux de la Compagnie. Une confidence chuchotée ici ou là, au détour d'un couloir, ou devant un Coca-Cola, à la cafétéria, et le tour était joué.

« Je ne vous ai rien dit, insistait-elle. Mais tout de même, ajoutait-elle avec une candeur feinte, je suis surprise. Je croyais Gates au-dessus de nos petites contingences. »

Les services de renseignement ne sont généralement pas des sociétés où se pratique la vertu chrétienne. Les jalousies au contraire s'y déploient à plaisir, et les coups bas caractérisent la vie quotidienne des agents. Les différents organes se font une guerre permanente, surtout aux échelons élevés de la hiérarchie. Laffitte aimait à penser qu'au moins en France, la situation était meilleure. Ne s'entendait-il pas merveilleusement avec le chef de la DST ? Il savait qu'aux États-Unis, la compétition était féroce entre la multitude des « agences », en particulier entre la NSA et la C.I.A.

Le pouvoir donné à Gates avait notoirement déplu à ces messieurs de la National Security Agency. L'occasion fournie par les galipettes de l'espion était trop belle. Ils se plurent à rappeler les erreurs qui avaient été commises au fil des ans par la section action de la C.I.A., que dirigeait aujourd'hui Gates. Qu'il en ait été lui-même responsable ou non importait peu aux ennemis de la Compagnie. On lui imputait toutes les fautes récentes ou même plus anciennes que celle-ci. Ce plan « Berlin », par exemple, où la C.I.A., voulant tromper les Iraniens par le truchement d'un agent russe, avait finalement livré à Téhéran le secret d'un détonateur ultra-secret. Ou cette affaire de Belgrade, quand un B52 avait pris pour cible fortuite l'ambassade de Chine. Ou encore, plus loin dans le passé, ce plan de surveillance du Vietnam Nord, qui avait « oublié » lors de l'offensive du Têt, la bagatelle de 100 000 soldats.

Bref, Gates était devenu brutalement le symbole des errements de la C.I.A. « Ne voit-on pas que toutes les actions un peu compliquées de la Compagnie se retournent comme des boomerangs ? Croyez-vous qu'il en ira autrement avec cette opération engagée dans l'aéronautique ? »

Lui qui connaissait pourtant parfaitement, pour l'avoir souvent employé, le processus de la calomnie, n'avait pas vu d'où le coup était parti. Son système d'alarme, cette fois, n'avait pas fonctionné. Peut-être ses emportements amoureux l'empêchaient-ils de voir des signes qui, en d'autres circonstances, ne lui auraient certainement pas échappé. L'expert en déstabilisation se trouvait lui-même totalement déstabilisé, et sa qualité professionnelle, hier encore célébrée partout, était remise en cause. Il avait même été charitablement averti par un de ses agents qui dissimulait à grand-peine sa propre satisfaction, que les autorités songeaient à le décharger de son actuelle mission. « Sans moi, ils ne peuvent rien, se rassurait-il. Je suis le seul à pouvoir contrôler l'opération en cours. »

Laffitte, à qui Dominique rapportait les informations que lui communiquait Helen, n'en revenait pas

— Ma chère Mata-Hari, c'est du beau travail… Votre amie pense-t-elle que Gates pourrait être mis à la porte de la C.I.A. ?

— Je lui ai posé la question. Elle n'a pas pu me répondre, mais elle pense que la situation ne peut qu'empirer pour lui. Ajouterai-je qu'elle n'en est pas autrement fâchée ?

— Pour ma part, je pense qu'il s'en tirera d'une façon ou une autre. Il en sait trop, sur trop de gens.

— Comme moi, murmura-t-il, pour que Dominique ne l'entende pas. Mais, ajouta-t-il pensivement, si Gates saute, votre ami Summers risque de se trouver en grande difficulté… D'autant que, si je suis bien informé, grâce à Pomarède, il n'échappera pas, lui non plus, à la mise en examen par la justice française. Il apparaît en effet que le « parangon de vertu » allemand ne l'était pas totalement…

41

LE « FUTUR DU POUVOIR », comme l'avait nommé Pomarède, était désormais le présent. Installé à l'Élysée après une confortable victoire sur la candidate désignée par le Parti socialiste, Nicolas Sarkozy avait presque aussitôt souhaité faire le point sur le dossier EURAERO, comme sur l'affaire European finances. Il avait donc convoqué, passant allégrement par-dessus la tête des ministres intéressés, Pomarède pour la DST et Laffitte pour le SGDN. Une réunion discrète qui ne figurait pas sur l'agenda présidentiel. Il avait d'ailleurs été demandé aux deux responsables de se présenter à des heures légèrement différentes, sous prétexte de rencontrer tel ou tel membre du cabinet du nouveau chef de l'État. Celui-ci désirait en effet que ses invités du jour échappent à la meute des journalistes qui, depuis l'élection, se relayaient en permanence, de peur de perdre quelque chose des multiples initiatives que le bouillant Président ne manquerait pas de prendre, ainsi qu'il l'avait promis au cours de sa campagne.

Sans trop de surprise, Pomarède et Laffitte constatèrent en pénétrant dans le bureau présidentiel, au premier étage de l'Élysée, qu'ils n'étaient pas les seuls à participer à cette réunion. La présence de Pierre Klein attestait l'importance que Sarkozy attachait à l'avis du dignitaire franc-maçon qui, ils le savaient, n'avait pas ménagé ses efforts pour aider au succès du candidat. En revanche, ils remarquèrent avec un brin d'étonnement que n'étaient là ni le nouveau ministre de la Justice, ni le nouveau ministre des Armées, ni le nouveau ministre de l'Intérieur. Seul « témoin » autorisé, le secrétaire général de l'Élysée, un très proche du chef de l'État.

Le Président répondit immédiatement à leur interrogation non formulée : « Je préfère que nous soyons entre nous. Non pas, bien sûr, que je n'aie pas confiance dans les membres du gouvernement que je viens de nommer. Mais certains aspects de ce dont nous allons parler me touchent personnellement, et mes ministres sont soit trop jeunes ou trop neufs, soit, pour l'un d'entre eux, trop mêlés au dossier sous mon prédécesseur. Inutile de vous dire, messieurs, que la confiance que je place ainsi en vous ne devra pas être trahie, et que nos entretiens resteront strictement confidentiels. Je ne veux ni compte rendu écrit ni une quelconque note “blanche”, dont les Renseignements Généraux se sont fait une spécialité… Toute décision que vous seriez appelés à prendre sur ces affaires sera d'abord soumise à mon secrétaire général, à qui je donnerai mes instructions. Je pense que tout cela est bien clair, n'est-ce pas ? »

Le ton était amical, mais on ne peut plus ferme. Les trois hommes échangèrent des regards éloquents. Au moins savait-on où était le pouvoir…

— Commençons par la situation chez EURAERO, reprenait le Président. Si je comprends bien, les Allemands sont devenus les maîtres de la société. Au sourire de ma bonne amie, la chancelière, je mesure les fantastiques progrès que notre inconséquence et les querelles internes ont permis d'accomplir à l'industrie de nos voisins et alliés, à notre détriment. Eux qui n'étaient rien dans ce domaine il y a peu de temps, se retrouvent aux commandes de ce joyau national. Et dire que mon prédécesseur se réclamait du général de Gaulle ! Comment a-t-il pu laisser dilapider ainsi l'héritage technologique que celui-ci nous avait laissé ! J'ai pu convaincre le gouvernement allemand de confier la direction opérationnelle d'EURAERO à Robert, mais j'ai dû accepter en échange que Summers devienne le patron de JetAir. Je crains que Robert ne soit pas à la hauteur quand il s'agira de lutter contre les ambitions germaniques de ce fameux Summers, dont tout le monde me parle.

— Monsieur le Président, se lança Laffitte, la situation est bien celle que vous décrivez. J'ai parlé moi-même d'un Waterloo industriel, à cette différence près que les vainqueurs immédiats ne sont pas les Anglais, mais les Allemands, avec derrière eux les Américains.

— Cet aspect des choses ne m'a pas échappé, reprit le chef de l'État. Je dois dire ici, devant lui, que les avis et les informations de Klein, obtenus, je crois, grâce à ses amis francs-maçons de l'autre côté de l'Atlantique, m'ont été fort utiles. Je ne pouvais, hélas, rien attendre de l'ancien gouvernement qui n'avait qu'une idée en tête : me tenir à l'écart des problèmes majeurs de la France… Naturellement, cette critique ne vous vise pas, messieurs, dit-il en s'adressant à Laffitte et à Pomarède. Vous deviez respecter votre hiérarchie… Mais continuez, cher ami…

Le « cher ami » étant destiné à calmer les craintes que son algarade avait fait naître chez ses interlocuteurs. Pour détendre une atmosphère qui s'était soudain crispée, le

Président fit le tour de son bureau et vint s'asseoir familièrement aux côtés de Laffitte. « Je serai, si vous me le permettez, moins inquiet que vous à propos de Robert, dit celui-ci. J'ai été heureux de voir que vous le confirmiez dans ses responsabilités. Mais il est vrai que Summers est un redoutable prédateur. Je comprends que vous connaissez son pedigree. Il est très fort et sa véritable sphère d'intérêt, c'est le pouvoir. Il a en outre de très sérieux appuis, en Allemagne et aux États-Unis. Cependant, je perçois dans le tableau, très sombre dans l'ensemble, que l'on doit faire aujourd'hui, quelques taches claires. Quelques lueurs d'espoir. »

Pomarède, qui était resté muet jusqu'alors, prit la parole.

— Je confirme ce que vient de dire Laffitte… Je…

— Je vous coupe un instant, l'interrompit le chef de l'État, pour vous dire la satisfaction que j'éprouve en constatant à quel point deux des responsables de notre sécurité nationale s'entendent. Klein, là encore, me l'avait dit.

— Merci, monsieur le Président. Donc, je pense comme mon ami Laffitte que la situation peut être partiellement rétablie, si nous nous y prenons bien. Il y a d'abord le fait que la qualité des ingénieurs français, concrétisée par la création du fantastique Superliner, continue d'être sans égale. Même les Américains doivent le reconnaître, qui ne sont pas fichus de mettre au point leur avion du futur - je n'y connais rien mais je crois qu'ils ont un problème avec les matériaux composites -, et qui sont bien obligés de nous commander nos appareils ravitailleurs pour leur armée de l'air tant leurs propres modèles sont dépassés.

— Oui, mais JetAir ne construit-il pas une usine aux États-Unis, et non en Europe ?

— Certes. Conséquence de la faiblesse du dollar… Il reste que le leadership que voulaient reprendre les Américains dans le domaine de l'aéronautique est à nouveau compromis.

— Ah oui, l'opération montée par le célèbre Gates.

— D'après nos informations, dit Laffitte, cela ne va pas très bien pour lui. Il semble qu'il soit tombé amoureux d'une petite Française, elle-même membre de l'équipe de communication d'EURAERO en Allemagne, et qui, ajouterai-je, travaille pour nous… Il semble que la C.I.A. n'admette pas cette idylle. Si bien que je ne donne plus cher de sa peau.

Pomarède, à qui Laffitte avait raconté les exploits de Dominique et d'Helen, afficha un tel sourire que le Président s'en avisa.

— Que me cachez-vous, messieurs ? Seriez-vous pour quelque chose dans cette aventure sentimentale ? Non, ne me dites rien. Je ne veux rien savoir de vos petites magouilles, surtout si elles nous sont profitables.

— Il est clair, enchaîna Pomarède, que la disparition de Gates du tableau serait pour nous un point positif. L'homme était trop malin, mais heureusement trop ambitieux…

Ce fut au tour de Klein d'intervenir.

— Je crois en effet savoir, par nos frères américains, que ses jours sont comptés à la C.I.A. Ils se sont employés, d'ailleurs, à montrer aux plus hauts responsables du gouvernement que toute cette opération de déstabilisation d'EURAERO devait s'arrêter.

— Tout le monde me dit que vos « frères » sont très puissants à Washington, particulièrement dans les services secrets…

Le Président n'obtint pas de réponse sur ce point. Visiblement, Klein ne souhaitait pas commenter le propos présidentiel.

Pomarède reprenait donc, après un moment de silence général où l'ombre de la franc-maçonnerie universelle avait flotté dans la pièce.

— Il est un autre élément positif : dans l'affaire du délit d'initiés, que l'autorité des marchés étudie, Summers n'échappera pas, me semble-t-il, à une mise en examen.

— Je le croyais incorruptible !

Pomarède leva les bras au ciel. « Quand il y a tellement d'argent en jeu, qui peut résister ? En tout cas, son éventuelle inculpation donnerait à Robert la bouffée d'oxygène dont il a besoin, et pourrait signifier l'amorce d'un repli de la toute-puissance allemande au sein de la société. »

Le Président revenait derrière son bureau, l'air satisfait. Il avait déjà sa petite idée en tête. Mais il voulait maintenant parler d'un autre sujet : l'affaire European finances.

« J'ai lu tous les rapports à ce sujet. Je me félicite de m'être porté partie civile, sans quoi l'affaire aurait été étouffée. Bon, je crois que ceux qui ont voulu exploiter les manœuvres du nommé Loriot se sont joyeusement plantés… Allons, messieurs, ne nous préoccupons plus de cette triste histoire. Laissons la justice faire son travail. Je pense que mes ennemis ne s'en relèveront pas, même si les sanctions prononcées sont légères. »

L'entretien était terminé En raccompagnant ses hôtes, le Président s'adressa à Pomarède : « J'ai l'intention de fusionner la DST et les RG. Qu'en pensez-vous ? » Pomarède, interdit, resta coi. Il y avait bien eu des bruits…

Le Président, heureux de son effet, n'attendait visiblement pas de réponse.

Témoin un peu gêné de la scène, Laffitte se dit que les choses, et les hommes, allaient décidément bouger. Comme pour confirmer cette impression, Klein, à qui le secrétaire général de l'Élysée avait demandé de l'accompagner dans son bureau, lui glissa à l'oreille : « Quant à moi, je crois savoir que je vais être nommé à la tête d'une Commission de contrôle des Associations. » Pour services rendus…

42

EN QUITTANT L'ÉLYSÉE, Laffite et Pomarède avaient laissé au secrétaire général un document commun, où était retracée l'affaire EURAERO depuis ses origines. Le lendemain matin, après avoir assisté comme tous les jours à la séance dite du calendrier, durant laquelle le Président en compagnie de ses secrétaires particulières vérifiait son emploi du temps pour la journée et les jours suivants, le principal collaborateur du chef de l'État demanda à rester quelques instants auprès de celui-ci. « Je voudrais vous dire un mot du rapport que m'ont remis ces messieurs à votre intention. Il ne contient guère d'éléments nouveaux que vous ne connaissiez pas à l'issue de vos différents entretiens. Notamment s'agissant de l'affaire des faux listings. La Justice est à l'œuvre. Il y a une chose cependant qui m'a amusé. Savez-vous, monsieur le Président, comment le fameux Gates nommait l'opération qu'il montait contre les intérêts français ? »

Nicolas Sarkozy ne se formalisa pas de la familiarité de celui qui avait mené à ses côtés tous les combats depuis des années.

— « Back to the leadership ? » Je l'ai lu, déjà.

— Non, répartit en riant le secrétaire général. Ça, c'est le nom « officiel ». Le chef espion américain parlait plus simplement du « syndrome de la grenouille ».

Ravi d'un effet dont il n'était pas coutumier – il respectait habituellement les formes avec scrupule –, Claude Guéant révéla au Président interloqué la signification dudit syndrome.

— Si je comprends bien, c'est nous, la grenouille… Ce gaillard commence sérieusement à m'échauffer les oreilles. C'est tout de même extraordinaire que les Américains ne peuvent pas avoir du respect pour la France.

— Des Américains, pas les Américains, monsieur le Président. Il faut dire que votre prédécesseur et son ministre des Affaires étrangères leur en ont fait voir de toutes les couleurs.

— Je sais, je sais. Mais ça va changer. J'ai entrepris, vous le savez, de me rapprocher des États-Unis. Des relations améliorées permettront sans doute d'empêcher de nouveaux développements de l'action menée contre notre aéronautique par le truchement des Allemands. Il me semble d'ailleurs, après avoir entendu hier les deux compères des services secrets, que ce Gates a déjà des ennuis.

— Je le crois, en effet. Si je puis me permettre, je dirais qu'il faut toujours se méfier des femmes ! Surtout des espionnes ! Puisque nous sommes sur ce sujet, je voudrais vous donner une raison supplémentaire d'optimisme. J'ai reçu un autre rapport, émanant celui-là des Renseignements Généraux, qui fait état d'une forte réaction des cadres français d'EURAERO, notamment à Toulouse.

Le Président parut immédiatement très intéressé. Il avait entendu parler lui-même de grèves spontanées qui s'étaient déclenchées dans l'usine d'assemblage de JetAir. Il invita Guéant à en dire plus.

« Eh bien, à force de voir l'étonnante discrimination dont ils étaient l'objet, au bénéfice de leurs collègues allemands, qu'il s'agisse de postes ou de salaires. À force de constater que les emplois stratégiques étaient systématiquement transférés en Allemagne, les Français avaient envie de réagir, contre, s'il le fallait, leur propre direction. »

Le rapport des RG, très détaillé, révélait qu'un groupe informel d'ingénieurs et de techniciens de premier plan avait décidé de faire prendre conscience à leur environnement du danger de la situation en train de se créer. « Leur force, disait le rapport, tient à la formidable réussite qu'est, ou que doit être, le Superliner. Ils ont démontré que leurs capacités étaient intactes et sans égales, malgré les efforts pour leur couper les ailes. » L'auteur du texte ne s'était sans doute pas rendu compte du jeu de mots qu'il venait de faire…

Commentant ces informations, Claude Guéant insista sur le saut qualitatif que représentait le plus gros objet volant du monde.

— Vous savez, monsieur le Président, que le Superliner est un avion miracle. Il prend plus de passagers que n'importe quel autre, il est très économe en carburant, il est adapté, et lui seul, au transport aérien de demain qui sera « mass customisé », comme disent les spécialistes. C'est-à-dire qu'il faudra transporter des milliers de gens, très vite, très loin, et pas cher. On considère que le marché du voyage aérien devrait doubler dans les prochaines années. Et ce sont les compétences techniques de nos ingénieurs, notamment dans nos bureaux d'études de Toulouse, qui vont permettre ces performances.

— On comprend pourquoi les Américains voulaient – veulent toujours peut-être – nous empêcher de dominer ce marché, dit le Président.

— C'est évident. Mais le Superliner représente à lui seul la réponse, puisque seuls nous avons été capables de le concevoir. Quoi que prétende le dénommé Summers. Et ça, Gates ne l'avait pas prévu... Quant au bijou annoncé par Boeing, il accumule à son tour les retards. Il n'est pas, d'ailleurs, sur le même créneau porteur, commercialement...

Le secrétaire général ajouta que dans leur réaction, les techniciens français avaient eu le soutien de réseaux de petites et moyennes entreprises, sous-traitantes de JetAir, qui avaient réduit leurs coûts et permis à ce qu'on appelle « l'entreprise étendue » de résister à la baisse du dollar. D'ailleurs, l'euro fort avait conduit au rachat auprès de sociétés américaines de technologies bon marché. Juste retour des choses. « Ainsi la capacité de rebond des équipes françaises est-elle époustouflante. Pour peu que l'autorité politique prenne le relais, et c'est un véritable boomerang qui sera retourné aux auteurs du plan de déstabilisation de l'industrie aéronautique française. »

Ce n'était pas tout. Par les services extérieurs, qui démontraient une fois de plus leur efficacité, on avait appris que les tentatives de transfert de technologie nucléaire vers des pays incertains, envisagés dans la forêt amazonienne, puis lors de la réunion de Monaco, avaient échoué, les responsables français protégeant jalousement leurs secrets. L'équilibre mondial ne serait plus menacé, au moins dans l'immédiat. « Pour la plus grande gloire de la franc-maçonnerie internationale, déclara sans ironie le Président. En somme, c'est maintenant à moi de jouer. À moi d'appuyer les efforts de ces "résistants". À moi de faire grandir chez nous cette psychologie de conquête, au lieu de nous comporter comme les victimes consentantes de revanchards ou de jaloux. Mon cher Guéant, vous allez m'appeler mon grand ami George W. Bush. »

43

MARINE ONE, l'hélicoptère du président des États-Unis, venait de se poser sur la grande pelouse sud de la Maison Blanche, dans un fracas de rotors. Les hommes du Secret Service, prévenus à la dernière minute du retour précipité de George W. Bush, qui avait écourté son week-end à Camp David, s'étaient mis en position. Le Président descendit de l'appareil de son pas rapide, salua d'un geste machinal le Marine en grand uniforme figé au garde-à-vous au pied de la petite passerelle, et s'élança à longues enjambées vers l'aile ouest de la Maison Blanche. Il passa en coup de vent dans le bureau ovale, y cueillit Condoleeza Rice, eut un bref « bonjour » pour ses secrétaires dont il traversa le bureau sans s'arrêter, et pénétra dans la « Cabinet room » contiguë où l'attendaient, debout, le directeur de la C.I.A., le général Michael Hayden, de l'US Air Force, son adjoint le vice-amiral Albert M. Calland, plus un homme qu'il ne connaissait pas, mais que la secrétaire d'État Rice lui présenta comme étant James S. Callaghan, membre du Département d'État. « Ah oui, c'est celui-là qui était chargé de contrôler Gates… Eh bien, je crois qu'il nous doit quelques explications. »

Tout le monde prit place à une extrémité de l'immense table ovale, dans les fauteuils habituellement occupés par les membres du cabinet présidentiel. Le secrétariat du Président avait hésité à organiser cette réunion dans la « Situation room » située à l'étage inférieur, sous le bureau ovale. Mais c'eût été lui donner trop de solennité : l'affaire en cause ce jour-là, pour majeure qu'elle fût, ne revêtait tout de même pas un caractère d'extrême urgence nationale justifiant l'utilisation des moyens sophistiqués installés dans cette pièce d'où John Kennedy, par exemple, avait géré la crise des missiles soviétiques implantés à Cuba…

Visiblement, cependant, George Bush était de très méchante humeur. Il prit le temps d'avaler un verre d'eau, puis se lança dans un exposé sur sa politique étrangère, en particulier sur ses rapports avec la France. « J'ai eu, hier, un long entretien téléphonique avec le nouveau président de la République française. Puisque vous êtes, je le suppose en tout cas, des spécialistes du renseignement, vous savez que les relations entre nos deux pays connaissent actuellement un réchauffement notable. Nous n'en sommes plus au temps où le ministre des Affaires étrangères français prétendait donner des leçons à l'Amérique. La France ne soutient toujours pas notre action en Irak, mais pour le reste, Paris a changé radicalement d'attitude, et le discours que Nicolas Sarkozy a prononcé devant les Chambres lors de sa visite à Washington témoignait d'une volonté réelle de rétablir des rapports d'amitié entre nos deux pays. » George Bush s'arrêta un instant et jeta un regard sur ses auditeurs. Un peu calmé intérieurement, il enregistra cependant l'appréhension qui se lisait dans les regards des deux officiers généraux, patrons de la C.I.A., comme dans celui du représentant du département d'État.

« Sarkozy m'a fait part du souci que les initiatives du dénommé Gates – lui, je le connais, et je connais sa réputation – lui causent. Il a évidemment compris, et je dirais qu'à la limite il ne nous le reproche pas, que nous ayons cherché à rétablir au profit des États-Unis la supériorité dans les domaines de l'air et de l'espace, jusqu'à utiliser à cette fin nos chers alliés allemands… C'est un homme réaliste, comme je les aime ! Vous voyez, dit-il en se tournant vers le général Michaël Hayden, contrairement à la réputation que votre C.I.A. me fait – non, non, ne protestez pas, je sais de quoi je parle –, je lis les dossiers. Celui que m'a remis Condoleeza est particulièrement intéressant. Si je comprends bien ce que vous y écrivez, monsieur Callaghan, l'opération initiée sous la responsabilité du directeur du National Clandestine Service, le nommé Gates, peut être considérée comme une réussite. Les conditions d'un rééquilibrage entre les deux membres du duopole aérien mondial, Boeing et EURAERO, sont remplies. À notre profit, et grâce aux Allemands. Mais compte tenu de notre politique générale et du souhait exprimé par le président français, je considère que les menées de Gates doivent être stoppées maintenant. D'autant plus que l'homme lui-même me paraît être non seulement allé bien au-delà de la mission que vous lui aviez confiée – et dont j'ai été personnellement insuffisamment informé – mais qu'il semble avoir dérogé aux principes fondamentaux des services de renseignement. À savoir, la discrétion absolue, la prudence, et la plus extrême réserve s'agissant de son comportement personnel. Est-il vrai qu'il est bêtement tombé amoureux d'une jolie Française, appartenant à EURAERO, et dont, d'après ce qui m'est dit, on n'est pas absolument sûr qu'elle ne travaille pas pour les services secrets français ? Il lui aurait en réalité tout dévoilé de ses plans ? »

George Bush se tut, attendant, les yeux fixés sur Callaghan, que celui-ci parle. Le général Hayden lui adressa un signe d'encouragement.

— Sans vouloir esquiver mes responsabilités, commença Callaghan, je voudrais tout de même rappeler, monsieur le Président, que j'ai moi-même reçu l'ordre de lancer Gates dans cette action.

— Ordre de qui ? Du secrétariat d'État ? jeta le Président.

Callaghan eut un regard pour Condoleeza Rice qui resta de marbre. Après un moment d'hésitation, il prononça, en un murmure : « Non, mais d'une personnalité de la Maison Blanche, qui a depuis quitté votre cabinet. »

Le Président des États-Unis eut un petit sourire.

— Je vois. N'en dites pas plus... On décidera ultérieurement ce qu'il y a lieu de faire à ce propos. Mais revenez au sujet. Et répondez à deux questions : 1- Considérez-vous que l'action de Gates a été utile ? 2- Pensez-vous qu'il a désormais complètement déraillé ?

— Compte tenu des objectifs fixés, je répondrai oui à la première question. Et oui, également à la deuxième. Quant à l'aventure sentimentale, dans laquelle il s'est fourvoyé, elle est malheureusement exacte. Mais je dois à la vérité de dire que c'est Werner Summers, notre ami, président de JetAir, qui l'a amenée à Monaco, lors de la réunion du groupe d'organisation de l'opération. Gates ne la connaissait pas auparavant.

— Cela ne l'obligeait pas à en tomber amoureux ! fulmina George Bush. Quand on détient des secrets de cette importance, on fait attention à ses hormones ! On contrôle sa libido ! Surtout à plus de cinquante ans ! Et même si l'on met une femme dans son lit, on tient sa langue. C'est, me semble-t-il, la règle absolue du métier !

— Je ne peux que le confirmer, monsieur le Président, dit le général Hayden, intervenant pour la première fois, et déplorer les errements de celui qui était pourtant l'un de nos meilleurs agents… Je me permets cependant d'ajouter que cette histoire d'amourette a été largement et malignement répandue dans toute la C.I.A. Il y a, je le sais, à l'intérieur, des agents qui s'emploient à rendre Gates ridicule. J'ai d'ailleurs déjà mis celui-ci en garde car sa conduite a aussi des conséquences néfastes sur la réputation de l'Agence…

— Comme si vous aviez besoin de ça !

George Bush fit semblant de ne pas voir la moue que son commentaire avait fait apparaître sur le visage du patron de la C.I.A. « OK, général, je compte que vous prendrez les mesures qui s'imposent. Je veux pouvoir dire très vite à mon nouvel ami Sarkozy que le dénommé Gates a été mis hors d'état de nuire. Je vous remercie, messieurs. Condie, passez un instant dans mon bureau. »

Avant de s'asseoir dans son fauteuil, le président des États-Unis resta un long moment debout devant la fenêtre donnant sur la roseraie de la Maison Blanche. Condoleeza Rice respecta son silence.

« Je regarde ce jardin, dit-il pensivement, et je me dis que je n'en ai plus pour longtemps dans cette fonction… Bien, madame le secrétaire d'État, essayons de garder sur toute cette affaire la plus grande discrétion possible. Je ne me fais pas trop d'illusions. Les Français sont incontrôlables… J'espère seulement qu'Hayden résoudra rapidement le problème Gates. Je n'ai pas dit une chose tout à l'heure : j'ai subi une pression très forte des milieux francs-maçons pour que nous arrêtions l'opération en cours. Ils vont être contents. » Puis, à voix basse : « On est tout de même gagnants, non ? ! »

***

Quelques semaines plus tard, le secrétaire général de l'Élysée entra en coup de vent dans le bureau présidentiel, sans même s'être fait annoncer. Il tenait à la main une dépêche de l'Agence Reuters. Il la mit sans un mot sous les yeux de Nicolas Sarkozy. Elle tenait en quelques lignes :

On apprend à Washington que le directeur du National Clandestine Service (le service action de la C.I.A.), John P. Gates, vient de se donner la mort dans des circonstances qui restent inconnues. Interrogé par nos soins, le représentant du Département d'État, James Callaghan, s'est refusé à tout commentaire sur le suicide de celui qui fut, de l'avis de tous les spécialistes, l'un des maîtres de l'espionnage industriel international.

« *Sic transit*, dit, laconique, le président de la République française. Dites à Laffitte d'aller à son enterrement. Ce sera, en somme, sa récompense… »

Épilogue,
en attendant la suite...

La troisième guerre mondiale est bel et bien commencée. Il ne s'agit plus de conquêtes militaires, ni même, en dépit des apparences, d'une lutte idéologique entre deux types de civilisation, deux modes d'organisation des sociétés. Le développement de l'islamisme militant, source du terrorisme international, n'est lui aussi qu'un épiphénomène, au regard de la bataille acharnée pour la possession des technologies de pointe qui va opposer, qui oppose déjà, les puissances industrielles. Puissances ne signifiant pas nécessairement nations, car les empires qui se constituent excèdent souvent les frontières que l'Histoire a tracées entre les États.

Le projet américain qui tendait initialement au seul rétablissement de la supériorité des États-Unis dans le domaine aérien, quand les succès de JetAir menaçaient outre-Atlantique des milliers d'emplois hautement qualifiés, avait pris soudain une autre dimension, avec ce que l'on a appelé ici le « plan Gates », « Back to the leadership » devenant par la mégalomanie du maître espion, « Back to the future ».

L'intuition qui en animait le ou les responsables était juste mais incomplète. Juste, parce qu'il ne peut plus être question de limiter à un duopole américano-européen la maîtrise des airs. De là ces réunions en Amérique du Sud ou ailleurs, auxquelles les Américains invitaient des participants venus d'autres continents. Incomplète, parce que sous-estimant le violent désir des pays concernés d'échapper à toute hégémonie, même ouverte, et parce qu'ignorant la capacité de réaction des ingénieurs eux-mêmes, les concepteurs des bureaux d'études par l'imagination desquels le progrès technique s'effectue. En France, particulièrement, à laquelle l'action du général de Gaulle avait donné une avance considérable.

L'utilisation de l'Allemagne comme cheval de Troie pour s'approprier EURAERO avait été très efficace. Elle avait, au passage, permis aux Allemands de reconquérir presque totalement la place qu'ils avaient perdue à la suite de leur défaite lors de la deuxième guerre mondiale. Les États-Unis avaient cru pouvoir annoncer bientôt que JetAir était en fait devenu un avion américain. Mais la main allait finalement leur échapper, sous l'effet de toutes sortes de facteurs incontrôlables. De la volonté aussi d'indépendance soudain retrouvée des victimes désignées à leur domination, encouragée désormais en France par un pouvoir politique décidé à recomposer le paysage dans le cadre d'un nouveau scénario général, gagnant-gagnant.

La Roche tarpéienne est proche du Capitole. L'adage s'applique à la situation qui est née de ce retour du boomerang : EURAERO sera bien une *world company*, mais différente du dessein original. Une *world company* où les intérêts seront équilibrés.

Les acteurs multiples de cette troisième guerre mondiale entendent tous s'appuyer sur les actifs matériels mais surtout immatériels dont ils peuvent disposer dans les industries aéronautique et de défense. Ce n'est plus seulement une question d'argent. Le système trouve ses limites dans les compétences. Devenir propriétaire d'EURAERO, dont la capitalisation boursière n'est plus « que » d'une vingtaine de milliards, est à la portée du premier fond souverain venu. Les Émirats sont d'ailleurs entrés au capital de la société, mais la Russie également, et la Chine a suivi. Mais posséder ne signifie pas forcément être capable de créer. Le jeu est donc très ouvert.

La Russie entend reconstruire son industrie aéronautique. Elle a besoin d'un partenaire européen technologiquement avancé pour rétablir l'équilibre avec la puissance concurrente, les États-Unis. Un partenaire qui ne soit pas sous la dépendance de leur grand « allié ».

La Chine souhaite bénéficier du maximum de transfert de technologie afin de construire puis d'exporter des avions et, plus généralement, des objets volants, dès 2020, selon les plans de Pékin. Comme elle l'a déjà fait dans l'automobile.

Le Qatar et les Émirats, assis sur leur formidable tas de pétrodollars et leur kérosène bon marché, veulent se positionner sur une industrie de transport aérien global, dont ils espèrent être les leaders mondiaux. Leurs achats du Superliner d'EURAERO sont un signe éloquent de cette volonté. Les manœuvres américaines pour obtenir que soient au moins différées leurs commandes ont échoué, ainsi que les tentatives destinées à détourner les Russes d'OAK de fédérer les héritiers de l'industrie aéronautique de l'ex-URSS, en s'appuyant sur EURAERO plutôt que sur Boeing.

Chacun cherche à s'assurer, à partir de ses propres forces, les emplois à forte valeur ajoutée de la haute technologie. Les Émirs ont à cet égard l'atout essentiel que représente le fait de disposer des ressources pétrolières, qui ne sont peut-être pas inépuisables, mais qui leur assurent jusqu'à 2050 la supériorité constituée par leur accès privilégié au kérosène, celui-ci restant au moins jusque-là le carburant principal utilisé par les avions.

La guerre autour d'EURAERO, dont l'avance technologique demeure importante, est donc globale. Gates l'avait compris, mais pas dans toutes ses conséquences. Il avait notamment négligé les problèmes liés à l'industrie de défense. Il s'agit pourtant d'un élément déterminant dans les nouveaux rapports de force qui sont en train de se dessiner. Les missiles fabriqués par EURAERO, susceptibles de porter loin l'arme nucléaire, intéressent beaucoup de pays, même si ces derniers n'ont pas tous, pour des raisons idéologiques ou autres, des velléités d'agression.

Partout les choses bougent. Il n'y a plus d'acquis définitifs en termes de parts de marché. Le monde a besoin d'ingénieurs, et plus seulement d'espions, si doués soient-ils dans l'Intelligence économique, autrement appelée vol des compétences. Ainsi par exemple, en Chine, les centres d'EURAERO, dédiés aux composites, sont prêts à fonctionner, quand les Américains n'ont pas encore réussi à maîtriser tout à fait cette technique pour faire voler leur fameux « avion du futur ». Pour les nouveaux modèles d'EURAERO, la chaîne d'assemblage est en place, contrairement aux espoirs de Gates qui comptait faire de la Chine une chasse gardée pour les États-Unis. Et Galiléo, que la C.I.A. voulait étouffer dans l'œuf, a fini par voir le jour.

S'affirmant meilleur que le GPS américain, il va donner à l'Europe la supériorité en matière de satellites et de système de localisation.

C'est dans le Golfe que devait être consacré le rétablissement spectaculaire des parts de marché de JetAir, à la grande surprise de Boeing. Plus de vingt milliards de commande pendant le Salon…

Au bout du compte, « Back to the future » est une réalité. Mais pas comme Gates l'avait voulu… Les armes de l'excellence l'emportent sur celles de la manipulation. Les francs-maçons du monde entier ne croient-ils pas à un « grand architecte de l'univers », soucieux de maintenir l'équilibre sur la planète ?

Gates, dans sa mégalomanie, avait pris le risque de le mettre en cause. Il l'a payé de sa vie.

Cet ouvrage a été imprimé par
CPI Firmin Didot à Mesnil-sur-l'Estrée
pour le compte des Éditions Alphée
en avril 2009

Imprimé en France

Dépôt légal : avril 2009
N° d'impression : 94983

Éditions Alphée, Jean-Paul Bertrand
28, rue Comte-Félix-Gastaldi
Monaco